ちくま新書

万葉集から古代を読みとく

上野 誠
Ueno Makoto

1254

蓋し文章は経国の大業にして、不朽の盛事なり。　――中国、魏、文帝

斯の歌を伝へて、世に忘らしむること勿れ　――日本、斉明天皇

はじめに――この本のめざすところ

†映画『君の名は。』と『万葉集』

『君の名は。』上映会にて
(2016年11月、共同通信社)

新海誠監督の映画『君の名は。』(二〇一六年)を見た。

この映画の鑑賞を勧めてくれた人がいたからだ。しかし、正直にいうと、私は当初、乗り気ではなかった。五十七歳にもなった私が、高校生が主人公のアニメでもなかろうと思ったからだ。この映画を勧めてくれた大恩人も、「『万葉集』の歌が、映画全体のモチーフとなっているから、見ておくべきだ。あなたは、まがりなりにも当代を代表する万葉学者のひとりなのだから、いちおう見ておくべきだ――」と勧めてくれたのだ。

そのひと言が何やらふと気になって、一月末に、映画館へと足を運んだ。なんだか、若い人、それもカップルばかりで、座席についても、どうにも居心地が悪い。悪いことこの上ない。が、しかし。観てよかった。映画を観終わっての、率直な感想は――

まいった。すごい――。折口信夫（おりくちしのぶ）が、今生まれたら、国文学とか、民俗学とか、そんな陰気な学問はしないだろうなぁ。アニメーション映画の監督を目指しただろう。それにしても、日本も捨てたもんじゃない。

私がすごいと思ったのは、芸術性とメッセージ性が高い次元で調和して、まさしく大作となっているところだ。そして、万葉学徒の端くれとして、思ったことも、もちろんある……。やはり、それは、万葉歌についてだ。映画『君の名は。』のタイトルのもとになっているのは、

誰（た）そ彼（かれ）と　我（あれ）をな問ひそ　九月（ながつき）の　露（つゆ）に濡（ぬ）れつつ　君待つ我（あれ）を

（巻十の二二四〇）

――

という歌の「誰そ彼」という言葉である。訳すと、「誰なのかあの人はなどと、私に聞かないでおくれ。秋深まる九月の露に濡れながら、あなたを待っているこの私のことを――」となろうか。

女はひたすらに、男を待っていた。恋人を待っている女は、こう思ったのである。「私はあなたのことを思って、露に濡れながらも、あなたを待っているんだよ。そんな私のことを薄情にも誰ですかなんて聞かないでおくれよ」と。

夕方になると、うす暗さからそこに立つ人が誰かわからなくなることがある。ために、中世以降、夕方のことを「たそがれどき」と言うようになった。「誰そ彼?」こそ「君の名は?」なのだ。女は告白できぬまま、男の姿を見ようと待っているのか。それとも、男からすでに嫌われてしまったのか。

†矛盾こそが物語である

この映画では、主人公の宮水三葉(みやみずみつは)と立花瀧(たちばなたき)の肉体と魂が本人の意志とは無関係に時々入れ替ってしまう。それをコントロールできないのだ。その時に、常に投げかけられる言葉がある。それは、「私は誰なのか」「あなたは誰なのか」という問い掛けの言葉だ。しかも、一つの身体の内に二つの人格が棲むということになるから、いろんなハプニングが起きてしまう。この万葉歌は、男を待つ女の歌である。女は、待つ私はいったい誰なのかと、あなたからは聞かれたくないというのだ。映画の主人公は、自分は問い掛けるのに、相手からは聞かれたくないというのである。

なんという矛盾。その矛盾がドラマになっている。とすれば、互いに名乗り合うことはなく、永遠に探り続けることになってしまう。この映画の主人公の葛藤は、ここにあるのだ。好きな相手といっしょになるということは、精神的にも、肉体的にも一つになるということにほかならない。平たくいえば、それが結ばれるということだ。人と人とが結ばれる最初の言葉こそ、「君の名は?」なのだ。

と同時に、人は、自分とはどういう人間なのかと常に問い続ける動物でもある。人は問い続けることでしか、自分自身のことがわからない動物なのである。映画の物語は、問い掛け続けることによって、自分のなかのもうひとりの自分を見つけ出そうとする高校生の物語なのである。

†結びによって生まれるもの

人と人、人と神、人と土地。それがいかに結ばれるのか、その結びによって生まれるものこそ、生きる力の根源であり、日本人の信仰心の根源なのだと説いた学者がいた。それが、折口信夫（一八八七—一九五三）である。人というものは、結びと繋がりのなかでしか生きて行けぬものだと、折口信夫は説いている（「国文学の発生（第四稿）——唱導的方面を中心として」折口信夫全集刊行会編『折口信夫全集』第一巻、中央公論社、一九九五年。初出一九二七年）。ちなみに、折口は、日本で最初に『万葉集』の全口語訳を成し遂げた男だ。『君の名は。』では、あらゆるものが結ばれてゆく。ざっと、気づいたものを掲げてみよう。

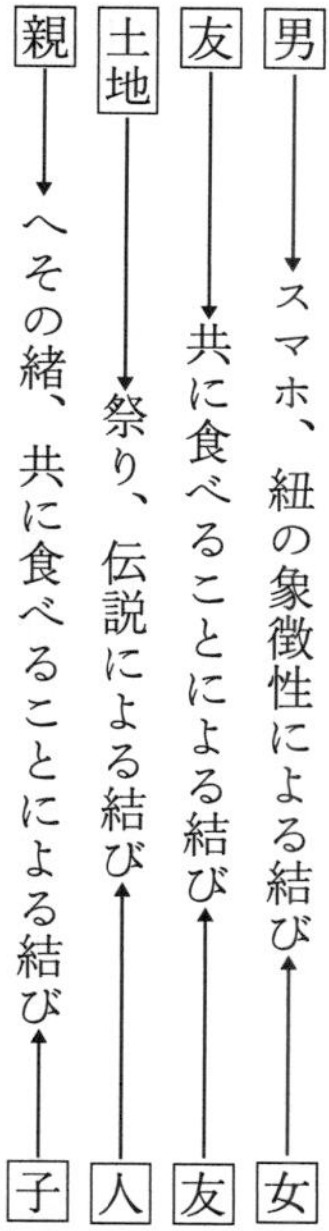

男→スマホ、紐の象徴性による結び←女
友→共に食べることによる結び←友
土地→祭り、伝説による結び←人
親→へその緒、共に食べることによる結び←子

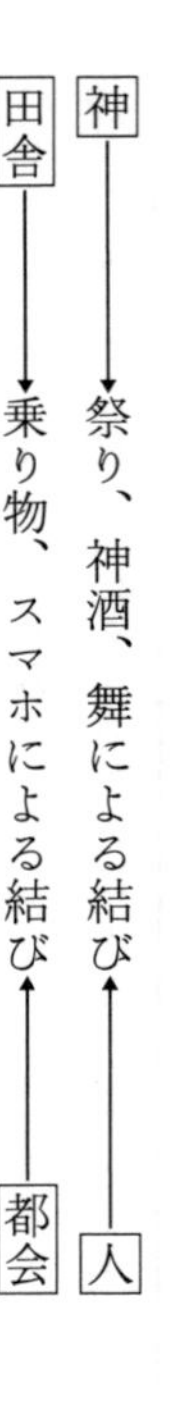

つまり、自分が誰かと問うこと、あなたが誰かと問うことは、その人の結びつきを問うことだということを、この物語は気づかせてくれるのである。

そして、自分と他人を区別し、自分が自分であることを示すものこそ、名前にほかならない。名は誕生とともに与えられるものであるから、人は誕生とともに、新たな関係のなかを生きていくことになるのである。

親が名付ける子の名、自分で名付ける芸名やペンネームなどがあるが、それは新しい世界に生まれたことを表すことになる。芸名やペンネームを付けるということは、芸の世界や文学の世界に、新たに誕生したことを示すことにほかならない。そうして、その世界で名を背負って生きてゆくのだ。映画『君の名は。』は、自分のなかにいるもうひとりの自分を捜す青春の物語といえよう。いったい、お前は誰なんだと、主人公は常に問い掛けるのである。

しかし、二人は、最後まで名乗り合わない。『君の名は。』の場合、二人は自他の結び付き、すなわち関係性を捜す旅を永遠に続けてゆくのだ。けれど、それはなかなか見つからない――。

†記憶・言葉・古代への関心

さて、『君の名は。』は、結びを問いかけるドラマであることをこれまで述べてきたわけであるが、もう一つ、この物語には、大切なテーマがある。

現代 → 記憶、言葉による結び付き ← 古代

という結びだ。なぜ、本書のはじまりに、映画『君の名は。』のことをこんなにも長々と述べてきたのか。それは、『万葉集』について何らかの興味を持ち、この本を手に取った人は、過去への関心があり、なかでも古代への関心がある人だと思うからである。

国文学でも、歴史学でも、考古学でもよいのだが、これらの学問は、過去への関心からはじまるものなのである。過去との関わりのなかに、今、現在いる自分を見極めたい。そういう思いのない人は、これらの学問にそもそも向いていない。過去や伝統への敬意に欠

ける人は、『万葉集』の勉強などしないはずだ。映画『君の名は。』は、過去への敬意、『万葉集』への敬意からはじまる物語なのである。

というわけで、本書を読む前に、読者に問いたいことが、一つだけだが、ある――。それは、過去と無縁の今など存在しないし、今と無縁に未来も存在しないということだ。このメッセージは、本書を貫く通奏低音のようなものである。では、私は、どのように『万葉集』を語ろうというのか。私は、どのように読者と『万葉集』を結ぶのか。以下、宣言文風に述べておこう。

✝この本のめざすところ

本書は、普通の『万葉集』の入門書ではない。

そういう入門書については、すでにたくさんあるし、基礎的なことは、ネット上のウィキペディアにも書いてある。本書を読むために、最低限必要な知識といえば、

一、『万葉集』は、八世紀の中葉に成立した歌集である。それは、現存する最古の歌集である。

二、『万葉集』は、二十巻からなる歌集で、四五一六首の歌が収められている。

三、宮廷に伝来した行事や行幸に関わる「雑歌（ぞうか）」、恋歌や交友を中心とする「相聞（そうもん）」、死に関わる歌々である「挽歌（ばんか）」を基本的な分類とする。

四、巻十七から巻二十のいわゆる末（すえ）四巻は、大伴家持（おおとものやかもち）の歌日記をもとに編集されている。

くらいのことである。その他、個別の内容については、各章において解説をしてゆきたい。

では、この本は、どんなところをめざすのか。「歌とは何か」「歌を書くということは、どういうことなのか」「歌を集めて歌集を作るとは、どういうことか」「『万葉集』というものは、どういう歌集なのか」ということを、知識として伝えるのではなく、作品中のテキストや考古資料など、具体的な実例を示して考えてゆくことにしたい。

したがって、この本は、古代社会において歌とは何か、古代社会において『万葉集』とは何であったのか、を考えるヒント集、提案集ということになる。

前半では、歌が書き留められ、それが核となって歌集ができてゆくありさまを、後半では、万葉歌をどう見るかということについて、考えてゆきたい、と思う。

なにごとも、その表現のありかたに触れ、具体的に考えなくては、机上の空論でしかない。先を急ごう。

万葉集から古代を読みとく【目次】

第一章　歌と文字との出逢い

†消えゆく言葉を未来に残す

▼語れば、その瞬間から消え去る
▽記せば、その瞬間から古くなってゆく

これは、言葉なるものの宿命ともいうべきものである。もちろん、▼についていえば、二十世紀の録音機器、カセット・テープやICレコーダーによって留めることが出来るようになったが、▽になっただけである。人類が文字を持たなかった時代において、言葉をどのようにして、留めて、残そうとしたのか。その方法は、一つしかなかった。繰り返し語ってゆくことである。記憶に留め、繰り返し繰り返し語ってゆくしかないのである。古代の「歌」や「語り」には、リズムがあり、繰り返しが多い。そういった特徴は、言葉を長く記憶に留める一つの工夫のあとなのである（「歌」と「語り」の口誦性）。

ここに、ひとりの男がいて、富士山を見たとしよう。なんとかして、その感動を富士山を見たことのない人にも伝え、なによりも後世に伝えたいと思った、とする。今なら、写真やビデオによって、その美しさを留めることができるかもしれない。かろうじて、絵という選択肢もあるだろう。しかし、古代の社会においては、言葉でこれを留めるしか方法がなかった。「語り継ぎ言ひ継ぐ」しか方法がなかったのである。有名な山部赤人（やまべのあかひと）の歌には、次のようにある。まずは、訳文から見てゆこう。

山部宿禰（すくね）赤人が、富士山を望んで作った歌

天と地とが分かれた遠い遠い昔から　神々しくて　高く貴き　駿河（するが）の国にある富士の高嶺（たかね）を　天空　はるかに振り仰いで見ると……　天空を渡ってゆく陽光も隠れゆき　照る月の光すらも見えぬ――　白雲もまたさえぎられて　進むことをためらい　いつという定められた時もなく　ずっとずっと雪は降り積もっている　いつまでも　いつまでも語り継ぎ言

い継いでゆこう　(かく偉大なる)　富士の高嶺のことは……

反歌

田子の浦を通ってゆき　富士山の見える所へ出て見れば……　純白な富士の高嶺に　雪が降っている――

(拙訳)

書き下し文を記すと、

山部宿禰赤人が富士の山を望む歌一首〔并せて短歌〕

天地の　分かれし時ゆ　神さびて　高く貴き　駿河なる　富士の高嶺を　天の原　振り放け見れば　渡る日の　影も隠らひ　照る月の　光も見えず　白雲も　い行きはばかり　時じくぞ　雪は降りける　語り継ぎ　言ひ継ぎ行かむ　富士の高嶺は

反歌

田子の浦ゆ　うち出でて見れば　ま白にぞ　富士の高嶺に　雪は降りける

(巻三の三一七、三一八)

となる。これが、赤人の富士山を見て発した感動の言葉である。彼は、この歌で、富士山のことは、後の世まで語り継ぎ、言い継いでゆこうと語っている。もちろん、彼がそう語ったとしても、彼の語った言葉はすぐに消え去ってゆく運命にあった（▼）。

ところが、赤人ないしは、赤人の周辺にいた人びとは、それを文字によって書き記し留めたのである。記された歌が、伝えられて、たまたま『万葉集』に残っているのである。こうして、私たちは、今、八世紀前半に生きた男の、富士山を見て感動した歌を読むことができるのである。もちろん、言葉は日々に古くなってゆくので、注釈を必要とするけれども、日本語の文章であることには変わりがない。

ちなみに、ひらがな、カタカナがなかったこの時代においては、漢字で言葉を記すしかなかった。時に個々の漢字の持っている意味をヤマト言葉に置き換えた書き方（訓字主体表記）、時に漢字の意味を捨て去ってその音のみを用いる書き方（字音表記）を行なうしかなかった。だから、赤人の富士山の歌の原文は、このように記されている。

一　山部宿祢赤人望不尽山歌一首〔并短歌〕

天地之　分時従　神左備手　高貴寸　駿河有　布士能高嶺乎　天原　振放見者　度日
之　陰毛隠比　照月乃　光毛不見　白雲母　伊去波伐加利　時自久曾　雪者落家留
語告　言継将往　不尽能高嶺者
　反歌
田児之浦従　打出而見者　真白衣　不尽能高嶺尓　雪波零家留

†「語り継ぐ」から「記し継ぐ」へ

「歌い継ぎ」「語り継ぎ」は、消え去る言葉を未来に伝えるために生まれた、人類の知恵の一つであった。そして、文字が発明されると、「記し継ぐ」ことができるようになったのである。歌の歴史は数万年単位の歴史を誇り、文字の歴史は数千年単位の歴史でしかない。今日においても、世界に、独自の文字を持たない民族は多いけれども、歌を持たない民族は存在しない。歌は、人類共通の文化ということができる。

『日本書紀』斉明（さいめい）天皇四年（六五八）冬十月のところに、こんな話が載っている。女帝・斉明天皇は、最愛の孫を亡くし、深い悲しみの淵にあった。その孫への思いを残したまま、紀の国に旅立たねばならなかったのである。現在の和歌山県の白浜温泉に、天皇は行幸したのであった。しかし、孫を亡くした悲しみは、そう簡単に癒されるものではない。その悲しみを斉明天皇は歌に託して、口ずさんだ。

山越えて　海渡るとも　おもしろき　今城の内は　忘らゆましじ　〈其の一〉
水門の　潮のくだり　海くだり　後も暗に　置きてか行かむ　〈其の二〉
愛しき　吾が若き子を　置きてか行かむ　〈其の三〉
（巻第二十六　斉明天皇四年十月条、小島憲之ほか校注・訳『日本書紀③〈新編日本古典文学全集〉』小学館、一九九八年）

訳すと、

山を越えてゆき海を渡るとも……　孫の眠るうつくしい今城の地のことは　決して決して忘れない――〈其の一〉
河口から潮に乗って船は海路を下って行く　かの船路が私の後に続いてゆくように　私は後ろ髪を引かれる思いでいる……　そういった暗い気持のまま　私は孫を置いて旅を続け

てゆくのだ〈其の二〉

いとおしい、いとおしい　わが幼な子を　後に残して私は旅を続ける〈其の三〉

（拙訳）

となろうか。七世紀の後半を生きた天皇の、孫を喪った悲しみの声が聞こえてくる。

†斯の歌を伝へて、世に忘らしむること勿れ

人は生きてゆけばゆくほどに、悲しみに出逢い、移りゆく時の無常を思う。斉明天皇という女帝の悲しみは、単に女帝ひとりのものではなく、すべての人間に起こり得る悲劇である。その悲しみに出逢った人の言葉を、私たちは『日本書紀』によって、今、知ることができるのである。

では、この歌はどのように伝えられたのであろうか。天皇は「口号」すなわち「口ずさんだ」のであった。そして、秦大蔵造万里（はだのおおくらのみやつこまろ）という者を召して、次のように命を下したのである。

この歌を長く伝えて、後の世においても忘れられることのないようにせよ

この一文が、『日本書紀』斉明天皇四年（六五八）冬十月条の伝える天皇の命令の言葉すなわち「詔（みことのり）」である。

一　斯（こ）の歌を伝へて、世に忘らしむること勿（なか）れ

では、命を受けた秦大蔵造万里は、いったい具体的にどういうことをしたのであろうか。二つのことが、考えられる。

▼歌われた瞬間から消えてゆく歌を語り継いだ。
▽歌われた瞬間から消えてゆく歌を文字に記した。

どちらに解釈してもよいし、両方が行われたと解釈してもよい。ただし、一般的には、次のような理由から、文字に書いて残したのではないかと考えられている（▽）。

というのは、秦大蔵造万里は、いわゆる渡来系氏族である。秦氏は朝鮮半島から養蚕や機織の技術をもって日本にやって来た人びとで、彼らのなかには文筆によって大和朝廷に仕えた人びともいた。おそらく、秦大蔵造万里もその末裔で、天皇の側に仕えて、天皇が後世に残す必要があると考えた言葉を筆記していたのであろう。こうして、紀国行幸中の斉明天皇の歌は、文字を用いて写し取られたのである。

文字によって写し取られた歌は、長く宮廷内に保管され、『日本書紀』が編纂される際に、資料の一つとなったのである。もちろん、その間には、書かれた歌々をまた書き写す作業が行われたかもしれない。私たちは、『日本書紀』のこの記述を通じて、七世紀後半における歌の文字化の様子を垣間見ることができる。

†歌を残すために

では、どういう状況になれば、歌は残るのだろうか。私は、最低限、次の二つのことが必要だと考える。一つ目は、自らの歌を後世に伝えたいという個人の意志があること。二つ目は、それを文字化する専門家がいたことである。天皇といえども、自らの歌を簡単には文字化することができなかった。だから、天皇自らがわざわざ命を下したのである。

『日本書紀』は、漢文によって筆記されているのだが、歌の部分については、漢字の持つ音を用いて次のように記している。

耶麻古曳底　于瀰倭梅留騰母　於母之楼枳　伊麻紀能禹知播　倭須羅庾麻旨珥〈其一〉
瀰儺度能　于之裒能矩娜利　于那倶娜梨　于之廬母倶例尼　飫岐底舸庾舸武〈其二〉
于都倶之枳　阿餓倭柯枳古弘　飫岐底舸庾舸武〈其三〉

この書き方は、漢字の持つ意味を捨て去って、その音のみを利用して書く方法である(先述の字音表記)。この書き方には長所と短所がある。長所は、発音どおりなので、誤読される心配がないことだ。短所は、長くなりすぎて、文意が摑みにくい点である。では、なぜこういった書き方をしたのだろうか。ヤマト歌は、助詞や助動詞によって微妙にニュアンスが変わってくるので『古事記』『日本書紀』は、ヤマト歌についてのみは、字音を用いて歌に記したのである。誤読を防ぎ、その味わいが伝わるように。

『日本書紀』に記されるまでに、書き換えが行なわれている可能性も高いが、一方で、秦大蔵造万里は、天皇の歌を一言も写しもらすまい、書きもらすまいと、一字一字書いたはずである。この瞬間、音の歌、声の歌が、文字の歌になったのである。本来ならば、消えてしまう歌が残るためには、その歌を未来に伝えようとする意志と、音声を文字化する技術が必要なのである。

第二章

歌を未来に伝える意志

†心と心をつなぐ歌

先に触れたように、歌というものは、いわば人類普遍の文化である。未開社会であれ、文明社会であれ、歌のない社会というものは、どこにも存在しない。もちろん、言語、地域や宗教、階層などによって、歌は異なるけれども、歌のない社会などというものはない。

その歌は、文字と出逢うことによって、書き留められるようになった。だから、現代に生きる私たちは、『万葉集』という八世紀の歌集を通じて、七世紀後半から八世紀前半までの人びとの歌に接することができるのである。したがって、この歌集の成り立ちというものを論じるためには、なぜ歌を書き留めようとしたのかというところから、考えてゆかねばならない。それは、時に富士山を見た感動であったり、孫を喪った悲しみを後世に伝えようとする意志であったといえよう。

では、歌は、どんな機会で歌われたのであろうか。古代の宮廷社会においては、歌は、男と女を結び付け、神仏と人を結び付け、天皇と臣下を結び付けるものと考えられていた。日本の古代社会において、歌というものは、〈男／女〉〈神仏／人〉〈天皇／臣下〉を結び付ける役割をもっていたのである。おそらく、賢明なる読者は、冒頭で触れた映画『君の名は。』のことを思い出していることだろう。

†歌と男と女と

まずは、男と女から見ていこう。『古事記』のなかに女性神のイザナミノミコトと男性神のイザナキノミコトとが、互いの体の足りないところと余っているところを合わせて、国生みをしようというところがあるが、現代語訳で示してみよう。

すると、そこでイザナキノミコトが、イザナミノミコトに「あなたの体は、どんなふうにできていますか」と、お尋ねになりましたので、「わたくしの体は、できあがりましたが、でききらない未完成の所が一か所あります」とお答えになりました。そこでイザナキノミコトの仰せられることには「わたしの体は、できあがりましたが、でき過ぎて余った所が一か所あります。だから、わたしの余った所をあなたの未完成の所にさして国生みをしようと思うがどうだろう」と仰せられたので、イザナミノミコトが「それはよいことです」とお答えになりました。そこで、イザナキノミコトは「それならわたしとあなたが、この太い柱を廻りあって、行き合って性交をしましょう」と仰せられ、かくのごとくに約束して仰せられたことには「あなたは右から廻りなさい。わたしは左から廻って行き合いましょう」とお約束をされお廻りになる時に、イザナミノミコトが先に「なんとまあ、りりしい男」とおっしゃり、その後でイザナキノミコトが「なんとまあ、美しい女」とおっしゃいました。それぞれ言い終わって後、その女神に「女が先に言ったのはよくない」とおっしゃったのですが、しかしすでに性交をして、これによって御子水蛭子(みこひるこ)をお生みになってしまいました。この子は葦の船に乗せて流してしまわれました。次に淡島(あわしま)をお生みになりましたが、これも御子の数には入れないことになっています。

(『古事記』上巻、拙訳)

この部分は、神々の性交が失敗してしまうところなのであるが、男女二神は性交を行う前に（訳文傍線部）、

女性神＝イザナミノミコト――あなにやし、えをとこを
男性神＝イザナキノミコト――あなにやし、えをとめを

と声を掛け合っている。しかし、この時は、女から先に声を掛けたので失敗したのであった。一回目の性交が失敗した男女二神は、天つ神に相談して、天つ神の指示を仰ぐと、男から先に言えば、成功すると諭された。

天つ神の言葉に従うと、今度は、成功するのであるが、この掛け合いの言葉は、一つの歌といえなくもない。まったく同じ句で「あなにやし、えをとめを」と声を掛け、それに呼応して「あなにやし、えをとこを」と声を掛けている。『古事記』序文では、この声掛けを漢字の音を用いて書いている（字音表記）。おそらく、このあたりは『古事記』の神話が声で語り継がれてきた時の面影を残していて、ここは語りのなかでも、韻律をもって歌われていた部分だろう。だから、同じ句で、互いに呼び掛

けているのである。

†まず男が女に掛けるべし

ここで大切なことが二つある。一つは、男は女を讃(ほ)め、女は男を讃めるということである。讃め合うこと、称え合うことは、人と人の心を通わせるコミュニケーションの第一歩なのである。讃めるということは、相手を認めるということ、受け入れるということであり、認めてくれた相手を認めること、受け入れることによって、二者は結ばれてゆくのである。

二つ目に重要なことは、男の方から先に声を掛けるという原則があったということである。じつは、『万葉集』において、男女が歌を掛け合う場合、原則として男から歌い掛けている。ということは、男女が歌を掛け合う場合は、男から歌い掛けるという約束事があって、その約束事が神話に影響を与えているともいえるし、反対に、こういった神話があったからこそ、男から歌わねばならないという約束事があったとも考えられる。歌には、そういった約束事が、常にあるのである。よくこの部分を教室で講義すると、これは男尊女卑ですとかいわれることがある。たしかに、古代の社会は、男尊女卑を基軸とするが、ことはそう単純でもなかろう。それは、男の方が先に女の方を讃めるからである。

女歌が元気な『万葉集』

じつは、『万葉集』の女歌は、男に対して、反発や挑むようなところがあって、おそらく日本文学の歴史のなかでも特異というほかはない。男を打ち負かすように歌うのを常とするのである。とにかく、女歌が元気なのだ。

とある日、明日香(あすか)に雪が降った。はしゃいだ天武天皇は、妻の一人である藤原夫人に対して、次のような歌を送った。

天皇、藤原夫人(ふぢはらのぶにん)に賜(たま)ふ御歌(みうた)一首

我(わ)が里に　大雪降れり　大原(おほはら)の　古(ふ)りにし里に　降らまくは後(のち)

（巻二の一〇三）

訳すと「わが里に　大雪が降ったわい！　おまえさんのいる大原の　古ぼけた里に　降るのは後だろうがねぇー」となろうか。オレのところには、大雪が降ったが、アンタのと

ころには、あとで降るだろうけど、というのである。藤原夫人の住んでいる大原を「古りにし里」すなわち「古ぼけた里」と揶揄している。そう言われたら、言い返すのが、万葉の女たちである。

藤原夫人の和へ奉る歌一首

我が岡の　龗に言ひて　降らしめし　雪の摧けし　そこに散りけむ

（巻二の一〇四）

「おかみ」とは、竜神であり、水の神さまである。訳すと「それはね　私のいる岡の　竜神にいいつけて　降らせた雪のかけらが　そちらに降ったんじゃあないのかしら……」となろうか。私の住んでいる丘の竜神さまに頼んで、この雪は降らせたのですから、雪のかけらがそっちの方に降ったのでしょう、と言っている。天武天皇が明日香の岡本宮というところにいたとすれば、大原との距離は六百メートルも離れていない。まるで、明日香時代の雪の日の記憶を辿るようでもあり、思い出写真を見ているようでもある。

†父母の記憶

ではなぜ、このような歌が残されたのであろうか。それは、これまでにも述べてきたように、未来に歌を残そうとする意志があったからである。本人たちは、楽しい記憶を残そうとしたはずである。その子どもたちの世代の人びとは、父母の記憶として未来に残そうとしたはずである。孫たちは、仲睦まじかったおじいさん、おばあさんの記憶として未来に残そうとしたはずである。そのうち、われわれの先祖にあたる人は、こんな歌を残したのだと記憶に留めるために、未来に歌を残すようになっていったはずである。こうして、他愛もない男女の掛け合いの歌が現代に残ったのである。

†大仏に献上された歌

一方、歌は神仏に対して、献上される供え物のような役割を果たすこともあった。奈良・東大寺の大仏は、天平勝宝(てんぴょうしょうほう)四年(七五二)に、その完成を祝い、大仏の眼を開くいわゆる大仏開眼会(かいげんえ)が行われた。それは、日本への仏教公伝二百年を祝うものであり、大仏の開眼をお釈迦様の誕生日に祝ったのである。

『続日本紀(しょくにほんぎ)』という史書は、仏法がわが国にやって来てから、これほどすばらしい法会、すなわち仏教のための会合はなかったと述べている。当日の式次第のあらましについては、『東大寺要録(とうだいじようろく)』という書物が、幸いにも伝えている。『東大寺要録』は、東大寺の歴史をまとめた記録集で、平安時代の後期に成立したとみられている書物である。まとめてみると、次のようになる。

(1) 聖武太上天皇(しょうむだじょうてんのう)・光明皇太后(こうみょうこうたいごう)・孝謙天皇(こうけんてんのう)がいわゆる大仏堂にやって来る。
(2) 高僧たちも入場する。
(3) 大仏の眼を開く開眼師、経典を講義する講師、経典を読む読師たちがやって来る。
(4) 大仏の眼を開く開眼の儀が行われる。
(5) 読師が華厳経(けごんきょう)を読んで、講師によって同経の講説が行われる。
(6) 九千人にのぼる衆僧・沙弥・沙弥尼たちがやって来て席に着く。
(7) 大安寺・薬師寺・元興寺・興福寺の四大寺から種々の献納品が大仏に献上される。
(8) さまざまな楽人たちがやって来る。
(9) 四大寺の楽人たちが、堂を巡り、伎楽が演じられ、次に楽団・合唱団が入って来て整列する。

(10) 以下、諸芸能の奏上が続く。

(10) については、当時日本に伝来していたさまざまな芸能が大仏に奏上された。整理してみると、こうなる。

Ⅰ　宮廷に古くから伝来していたと思われる諸芸能――大歌女、大御舞

Ⅱ　大和朝廷が征服した豪族たちが、今後は大和朝廷に従うことを表した舞のうち、宮廷において伝来していたと思われる諸芸能――久米舞、楯伏舞

Ⅲのａ　諸外国から伝わった諸芸のうち唐に起源のある諸芸能――唐古楽、唐散楽、唐中楽、唐女舞

Ⅲのｂ　諸外国から伝わった諸芸のうち林邑すなわちベトナムに起源のある芸能――林邑楽

Ⅲのｃ　諸外国から伝わった諸芸のうち朝鮮半島の高麗に起源のある諸芸能――高麗楽、高麗女楽

（1）から（10）までの次第のどこか、ないしはその翌日に、元興寺という寺からやって来た僧侶たちが大仏に献上した歌が、『東大寺要録』に残っている。

東大寺の大会の時に元興寺より献る歌三首

東の　山辺を清み　新居せる　盧舎那仏（ほとけ）に　花たてまつる
法のもと　花咲きにたり　今日よりは　仏の御法（みのり）　栄えたまはむ
源（みなもと）の　法の興りし　飛ぶや鳥　あすかの寺の　歌たてまつる

天平勝宝四年四月十日

（筒井英俊編纂・校訂『東大寺要録』（国書刊行会、一九八二年、初版一九七一年。原本発行一九四四年）をもとに作成した書き下し文）

元興寺の僧たちは、大仏に対して、次々に歌う。

「平城京の東の山辺が清らかなので　新しく造られた大仏さま　その大仏さまに　私たち

は　今、花をたてまつります」。その次の歌では、「仏法のもとで咲いている花をたてまつりましたので　今日よりは　ますます仏の教えである仏法が盛んになるでありましょう」と歌っている。そして、最後に「この歌は　ただの歌ではありませぬ　わが国に仏教が伝えられた最初の寺である飛鳥寺（あすか）　その飛鳥寺すなわち元興寺からたてまつられた歌でございます」と歌い終わっている。

歌も、大仏への献上物になるのである。

†ご褒美の歌

おそらく、この元興寺の僧たちの花と歌の献上を喜んだ聖武太上天皇は、元興寺の僧に褒美として、儀式に使用する「笏（しゃく）」という道具を与え、次のような歌を与えたのであった。ちなみに、笏とは、象牙や木で作られた長い板で、宮廷の大切な儀式に臨む人間が身につけるものとされていた。

――

御作

うるはしと　我が思ふ君は　これ取りて　朝廷通はせ　万世までに、となり。

これらの和歌は、元興寺の綱封倉の牙笏に之を注したるものなり。
（筒井英俊編纂・校訂『東大寺要録』（国書刊行会、一九八二年、初版一九七一年。原本発行一九四四年）をもとに作成した書き下し文）

訳すと「うるわしいと　私が思いを寄せている元興寺の僧侶たちよ　この笏を手に持って　ずっとわが宮殿に通って来ておくれ　永遠にね」となろうか。太上天皇が花と歌を献上した元興寺の僧たちに対して、「私のところにずっと通っておいで……」と歌うのは、その奉仕を讃めているからである。一首のうちには、「大仏も花と歌を歓びたもうた。また、太上天皇たる私も大満足である。讃めてつかわすぞ」との気持ちが込められているはずである。そういう聖武太上天皇の思いが込められた歌を与えられたことは、元興寺の僧たちにとって、たいそう名誉なことであったと思われる。

そこで、元興寺の僧たちは、いただいた笏とその由来を記した由緒書のようなものを、「綱封倉（こうふうそう）」という公的で、かつ格式の高い倉に大切に保管をしていたのであった。一方、東大寺の側は、自分たちの大仏開眼供養の時に献上された歌を資料として書き留めておきたいと考え、四首の歌を書き記して、『東大寺要録』に入れたのである。このように、歌は神仏への捧げ物になって、神仏と人とを結び、それにかかわる人びとの歴史の一部となったのである。

†天皇に歌を献上するということ

天皇に対して、臣下が歌を献上することもあった。『日本書紀』の推古天皇のところを読んでいると、大臣であった蘇我馬子（生年未詳—六二六）が、天皇に歌を献上したことが書かれている。推古二十年（六一二）に、お正月の宴会が行われた折、蘇我馬子は、置酒を天皇に捧げ、こう歌を詠んだ。

二十年の春正月の辛巳の朔にして丁亥に、置酒して群卿に宴す。是の日に、大臣、寿上りて歌して曰さく、

やすみしし　我が大君の　隠ります　天の八十蔭　出で立たす　みそらを見れば
万代に　かくしもがも　千代にも　かくしもがも　畏みて　仕へ奉らむ　拝みて
仕へまつらむ　歌づきまつる

とまをす。

（巻第二十二　推古天皇二十年正月条、小島憲之ほか校注・訳『日本書紀②〔新編日本古典文学全集〕』小学館、一九九六年）

大意を示すと、「わが大王さまが、お出ましになる宮殿は、たいそう立派なもの。その宮殿がかくも立派なように、かくもありたいものです。ですから、私ども蘇我氏の者は、このようにおそれつつしんで、伏し拝むように、ずっとお仕え申し上げます。拝み伏して、この歌を献じたく存じます」となろうか。

†天皇が歌を下賜する

すると天皇は、こういう歌を蘇我馬子に与えた。

天皇（すめらみこと）、和（こた）へて曰（のたま）はく、
真蘇我（まそが）よ　蘇我の子らは　馬ならば　日向（ひむか）の駒　太刀（たち）ならば　呉の真刀（まさひ）　諾（うべ）しかも　蘇我の子らを　大君の　使はすらしき

とのたまふ。

(巻第二十二　推古天皇二十年正月条、小島憲之ほか校注・訳『日本書紀②〈新編日本古典文学全集〉』小学館、一九九六年)

天皇は、蘇我氏の名を称えて、「お前さんたちは、馬ならば名馬の誉れある日向の駒だ。大刀なら名刀の誉れある呉の真大刀だ」と讃めている。この歌は、天皇の歌が歌い継がれてゆく途中で、その場にいた人びとの称賛の言葉も加わったと思われる。大君が蘇我氏を用いられるのも、こういった寵愛があったから、もっともなことだという句が付け加えられて伝えられていたのだろう。

蘇我馬子は、その宮殿のすばらしさを讃めて、天皇を称えたのであった。すると天皇は、その名から呼びかけ始めて、蘇我氏こそ、馬なら天下の名馬、太刀なら天下の名刀と称えたのである。

†歌は人の心を一つにする

男と女、神仏と人、天皇と臣下の心を一つにするのが、古代社会における歌なのである。こういう古代社会における歌の役割を説いたのが、『古今和歌集』の仮名序である。ここは、訳文を先に掲げて、その次に本文を掲げておこう。

やまとうたというものは、人の心を種として、そこから生じて、人の心に芽生え、人の口から出て無数の葉のごとくになっていったものなのだ。この世に生きる人という人は、さまざまな出来事に遭遇して、その心に思ったことを、見たこと、聞いたことに託して言い表してきた。これこそが歌なのである。花にさえずる鶯、河にすむ河鹿の声に耳を傾けると、生きとし生けるもの、どれとて歌を詠まないものなどあろうか――。力ひとつ入れず、天地の神々の心を動かし、鬼神をも感動させ、男と女の間をやわらげて、猛々しい心さえもなごやかにするもの。それが歌なのだ。

（拙訳）

歌の力を礼讃する名文といえよう。

やまとうたは、人の心を種として、万の言の葉とぞなれりける。世の中にある人、ことわざ繁きものなれば、心に思ふことを、見るもの聞くものにつけて、言ひ出せるな

り。花に鳴く鶯、水に住む蛙の声を聞けば、生きとし生けるもの、いづれか歌をよまざりける。力をも入れずして天地を動かし、目に見えぬ鬼神をもあはれと思はせ、男女の中をも和らげ、猛き武士の心をも慰むるは歌なり。
（仮名序、小沢正夫・松田成穂校注・訳『古今和歌集〔新編日本古典文学全集〕』小学館、一九九四年）

後半の「力をも入れずして天地を動かし、目に見えぬ鬼神をもあはれと思はせ、男女の中をも和らげ、猛き武士の心をも慰むるは歌なり」の部分は、あまりにも有名な箇所である。

歌は、人間が他者と行うコミュニケーションのための大切な道具であった。それを記して残そうとするのは、その時々の心情を残そうとする意志があるからにほかならない。

私たちは、生きている時が絶対だと思っているけれど、死んで残るのは、じつは言葉の方なのである。言葉は、その言葉を思い出す人がいれば、いつでも蘇るし、残ってゆく。それを書き記せば、残ってゆく。

歌を未来に残すということは、心情を未来へ伝えるということにほかならないのである。

第三章　歌の作り手と歌い手

†歌集誕生の条件

歌を残すということは、その歌によって、過去の記憶を辿ろうとすることだ。だから、それは、写真のアルバムを作る作業と似ている。この感動を未来に伝えようとする意志がなくては、歌は残りもしないし、歌集も誕生しない。しかし、それだけでは、『万葉集』は誕生しなかった。

写真なら、カメラを作る人、写真を撮る人が、まずいる。写真を撮る人のなかから、それを職業とするプロカメラマンが生まれる。次に、写真を愛好する人がいて、その人たちのなかから写真を批評する人びとが生まれる。コンテストが開かれて、写真愛好者の団体ができたり、雑誌が発刊されたりしてゆく。そして無数の写真から選りすぐりのものが、写真集として刊行されたり、展覧会に展示されたりして多くの人びとの目に触れることになる。

四五一六首もの歌が集められ、それが二十巻の書物『万葉集』に編纂されるということは、一大事業であり、ある意味では国家的事業とも言い得る出来事であった。そういう状況が生まれるためには、第一章で見たように、歌と文字との出逢いがなくてはならなかったし、また歌を未来に残そうとする意志がなくてはならなかった。

しかし、歌を残す技術があり、歌を残そうとする強い意志があっても、歌集というものは誕生しない。歌を支える多くの人びとの知恵と情熱が一つにならなくては、生まれることはないからだ。写真界には、写真界を支える人びとがいる。音楽界も、またしかりだ。

†歌の流通チェーン

では、古代社会においては、どういう人びとが歌を支えたのであろうか。私は、これを次のように整理する。

イ　歌を作る人（作歌能力＝歌人へ）
ロ　歌唱する人（歌唱力＝歌手へ）
ハ　歌を伝える人（伝誦能力＝伝承者へ）
ニ　歌を記す人（＝筆録者へ）
ホ　歌を理解し、批評する人（＝批評家へ）

イは、今でいうなら「歌人」「作詞家」ということになるだろう。歌を作る能力のある人を見つけて育てるということがなくては、「歌人」は生まれない。

次に、ロも大切である。歌を作る能力と、それを歌って聴かせる能力とは別ものだ。誰が、どう歌うかも重要だからだ。歌というものは、声に出す人の力で感動が何千倍にもなる。声量や技術だけではない何か。言葉に表せない何かがあって、はじめて歌手は生まれる。

ハは、歌を覚えて、他人に伝える人のことである。この歌は、どういう時に、どういう風に歌うとよいのか、それを他人にどのように教えたら、他人が上手く歌えるようになるのか。それもまた一つの能力ということができる。

ニは、歌を記す能力だが、これも特殊な能力である。歌を聞き取り、文字にする能力だが、書いたものが読み手に誤りなく伝わらなければ、文字化した意味がない。文字の使い手が少なかった古代社会では、重要な役割を果たしたはずである。

ホは、歌に評価を与える人ということになるが、これも一つの能力で、イ〜ニとは異なる能力ということができる。この能力があって、はじめて、歌を選ぶことができ、その選ばれた歌によって、歌集が編纂されるのである。

こういった「歌人」「歌手」「伝承者」「筆録者」「批評家」が、歌の世界を支えているのである。餅を作る人がいて、運ぶ人がいて、売る人がいて、はじめて、餅は消費者の口に入る。つまり、鎖、チェーンがあって、はじめて流通するのである。歌が流通して、多くの人びとが歌を楽しみ、歌集が編纂されるためには、こういった歌の流通チェーンがなくてはならないのである。

†芸名の発生

そこで、そういった流通チェーンの一端が垣間見える例を挙げておこう。

巻十六に、「右兵衛(うひょうえ)」という男が登場する。「右兵衛」とは、本来名前ではなく、宮殿を警備し、天皇の旅である行幸などにお伴する役所の名である。宮殿の警備を担当する警察ということになろうか。

この男が、「右兵衛」という役所に勤めているのは間違いないのだが、あちらこちらの宴会に呼ばれて、歌に関わる芸を披露していて、有名であったようだ。そこで、ついた渾名が「右兵衛」である。彼の持ち芸の一つに、即興で物の名を歌い込んだ歌を作る芸があった。

ひさかたの　雨も降らぬか　蓮葉に　溜まれる水の　玉に似たる見む

右の歌一首、伝へて云はく、右兵衛なるものあり〔姓名未詳なり〕、歌作の芸に多能なり。ここに府家に酒食を備へ設けて、府の官人等に饗宴す。ここに饌食は盛るに、皆蓮葉を用ちてす。諸人酒酣にして、歌儛駱駅す。乃ち兵衛に誘めて云はく、「その蓮葉に関けて歌を作れ」といへれば、登時声に応へてこの歌を作る、といふ。

（巻十六の三八三七）

これを訳すと、次のようになる。

ひさかたのアメではないが　雨でも降っておくれよ　蓮の葉に　溜ったお水は　まるで玉のよう　さぁ見ようか（そのお宝の玉を）

右の歌一首について伝えていうことには、「右兵衛」という名前の者がいた（ただし、その姓名は不明である）。歌を作る芸にすこぶる堪能であった。ある時、右兵衛府の役所で酒食を設けて、右兵衛府の官人たちが宴会を行った。この時食物を盛りつける器には、すべて蓮の葉が用いられていた。一同、酒宴もたけなわとなって、馬が駅を次々と巡ってゆくように、歌や舞が次々と披露されていった。すなわち、そこでのこと、その某兵衛に勧めて、「蓮の葉に引っかけて歌を作ってみよ」とある人がお題を出した。即座に某兵衛は、その注文に答えて、この歌を作ったということである。

（拙訳）

客から、とっさに、蓮の葉を詠み込んだ歌を作れといわれたら、すぐに歌を作ることができる。これも、「即興詠」と呼ばれる、歌人に求められる力である。おもしろいのは、その姓名が伝わっていないことである。芸名で呼ばれていたために、姓名が伝わらなかったのであろう。いわば、芸名の発生である。多くの宴に呼ばれて、歌を披露して人気を得、芸名で呼ばれる人が古代社会にもいたのである。

†「右兵衛」の宴会芸

この「右兵衛」の蓮の葉の歌は、見事な歌だと思う。おそらく、料理の器のかわりに、蓮の葉が使われていたのであろう。それを即興で時候の挨拶にしたのである。こういった芸は、いわば「たいこもち」(幇間)の芸だ。

ここで、右兵衛の能力について考えると、イの歌を作る能力のうちでも、即興に強かったことが見てとれる。もうひとつ、右兵衛には、大切な能力があった。意表をつきユーモラスに語り、楽しく歌って、宴の場をなごませる力だ。そういう能力を多くの人びとが認めていたからこそ、右兵衛はあちらこちらの宴に呼ばれたのであろう。これは、広くいえば歌唱力(ロ)の一つであるということができる。

†皇后宮の法会に呼ばれた「歌子」たち

歌の流通チェーンの例を、さらにもう一つ挙げておこう。藤原氏は、一族の祖ともいうべき藤原鎌足(ふじわらのかまたり)にちなむ維摩会(ゆいまえ)という法会を毎年行なっていた。天平十一年(七三九)の十月の維摩会は、皇后の宮で行なわれたようである。時の光明皇后(七〇一―七六〇)は、藤原氏出身であったから、皇后の宮で藤原氏にとって大切な法会が行なわれたのである。

ここで、大仏開眼会について述べたところを想起してほしい。法会では、幡(ばん)と呼ばれる旗を飾り、花を供えて準備し、お供え物が捧げられて、仏前で経典が読まれ、その経典に対する講説すなわちお説教が行なわれる。そのあとは、法会の主たる部分にあたる「正儀」がめでたく終わったことを祝して、さまざまな芸能が楽しまれることになる。

じつは、天平十一年の皇后宮での維摩会でも、そうだったようだ。中国から伝来した「大唐楽」、朝鮮半島から伝来した「高麗楽」が奏されたようである。その後に、琴に合わせて、次のような歌が歌われたという。

仏前(ぶつぜん)の唱歌(しやうが)一首

しぐれの雨　間(ま)なくな降りそ　紅(くれなゐ)に　にほへる山の　散らまく惜(を)しも

右、冬十月、皇后宮(わうごうのみや)の維摩講(ゆいまかう)に、終日(ひねもす)に大唐(もろこし)・高麗(こま)等の種々(くさぐさ)の音楽を供養(くやう)し、爾(しか)

して乃ちこの歌詞を唱ふ。弾琴は市原王・忍坂王（後に、姓大原真人赤麻呂を賜る）、歌子は田口朝臣家守・河辺朝臣東人・置始連長谷等十数人なり。

（巻八の一五九四）

歌を訳してみると「しぐれの雨は　とぎれることなく降らないでおくれ　くれない色に染まった山の紅葉が　散ってゆくのが惜しいからね――」となる。唐楽と高麗楽は、外来の音楽だから、日本人にとってはいわば格式の高い西洋クラシックということになろうか。対して、この歌は、『万葉集』に似た歌がたくさんある、さしずめ流行歌ということになろうか。

唐楽と高麗楽は、宮廷や寺院の楽部の楽人たちが伝承している音楽である。いわば、プロの楽人の音楽だ。対する弾琴唱歌は、皇后宮を活動拠点とする風流を愛する貴族たちの音楽であった。ゆえに、現代風にいえば、クラシックと流行歌なのである。

流行歌を奏する貴族たちは、古歌を古風として歌うことを追究する同好の士たちであった。ではいったい、彼らは、どんな人物であったのか。

†著名だった「弾琴」「歌子」たち

市原王は、高雅の歌風で知られているが、天平十一年（七三九）のころは、皇后宮に勤めていた。対して、忍坂王と「歌子」の田口朝臣家守については、残念ながらどういった人物かわからない。けれども、河辺朝臣東人については資料がある。巻十九には、

> 朝霧の　たなびく田居に　鳴く雁を　留め得むかも　我がやどの萩
>
> 右の一首の歌、吉野の宮に幸しし時に、藤原皇后の作らせるなり。ただし年月未だ審詳らかならず。
>
> 十月五日、河辺朝臣東人が伝誦せるなりと云爾。
>
> （巻十九の四二二四）

とある。訳すと「朝霧が　たなびく田んぼに　鳴いている雁を留め得ることができるのかなぁ　私の家の美しい萩は」となろうか。東人は、藤原皇后すなわち光明皇后の歌を「伝誦」する立場にあったのである。つまり、歌を伝える能力だ（八）。

左注によれば、吉野の行幸時の光明皇后の歌を伝誦していたことがわかる。五七五七七の短歌体一首ならば、暗誦は容易なので、ここでいう「伝誦」とは、短歌体一首を定まったリズムや抑揚で歌うことであろう。だから、歌を覚える能力だけではなく、歌唱力にも評価があったことになる。つまり、東人は光明皇后の近くに仕えることもあった優秀な伝承者であり、かつ優秀な歌い手だった、ということができよう。

†荘園での宴

次に、置始連長谷であるが、長谷は巻二十に、

三月十九日に、家持が庄の門の槻樹の下にして宴飲する歌二首

山吹は　撫でつつ生ほさむ　ありつつも　君来ましつつ　かざしたりけり

右の一首、置始連長谷

我が背子が　やどの山吹　咲きてあらば　止まず通はむ　いや年のはに

右の一首、長谷、花を攀ぢ壺を提りて到来る。これに因りて、大伴宿禰家持この

歌を作りて和ふ。

（巻二十の四三〇二、四三〇三）

このような問答歌を残している。大伴氏が所有していた荘園の一つに、門に槻の木がある荘園があった。ここでいう荘園とは、一族が経営する農園のようなものだ。その荘園の樹下で行われた宴に、長谷は招かれたのであった。左注に「花を攀ぢ壺を提りて到来る」とあるのは、客として花を持って来訪したことを意味しよう。

対する家持は、あなたが御自ら育てた山吹を見せてくれるなら「止まず通はむ」と挨拶を返している。「家持が庄（荘園）」であるにもかかわらずこのような言い方になるのは、大伴氏の所有する庄は数が多く、多忙な家持自身が毎年やって来ることなど事実上不可能だったからだろう。おそらく、家持は、庄で宴をするにあたり、歌で名高い長谷を呼んだのではなかろうか。

†有名歌手が人を集める力になる

この宴が行われた三月後半といえば、太陽暦では四月後半にあたり、稲の種蒔きがはじまる時期である。魚と酒で接待して耕作人を確保する必要があった。じつは、この時期にどれだけの臨時雇いの耕作人を集められるかで、作付けの面積が、つまりは収穫量が決まる。そのため、多くの貴族が耕作人を競って集める人集めが大変な時なのである。

おそらく、家持は、天平勝宝六年（七五四）に、歌の名手を呼んで耕作人を確保しようとしたのであろう。魚と酒と歌で、耕作人を集めようとしたのである。そのために、皇后宮の維摩講で歌うことを許された歌の名手、長谷を呼ぶことによって、種蒔きを前にした庄の宴を盛り上げようとしたのであろう（歌手として評価が高い、ロ）。

つまり、皇后宮における維摩講では、皇后宮に勤めていた市原王を筆頭に、弾琴唱歌について評価のあった名手十数名が、仏前で唱歌したのであった。時の皇后宮で行なわれる法会のあとに歌うことができるのは、たいへんな栄誉であったはずだ。

歌を作ったり、歌ったりする能力を評価し、彼らの力を発揮する場所を与えることができる。そういうことが、光明皇后とその周りに集った人たちにはできたのである。

第四章

木簡に書かれた歌

†歌が書かれた木簡

歌集が編纂されるには、歌を支える流通チェーンのようなものがなければならない。歌を作る人、歌う人、伝える人、記す人、評価する人、そういう人びとがいて、はじめて歌集ができるのである。そういう流通チェーンのありようを、前章では見てきた。この章では、最新の研究成果を使って、歌が歌われた場について考えてみたい、と思う。

近年、歌が書かれた木簡(もっかん)が次々に確認されている。奈良に住んでいる私は、多くの発掘現場の見学をしてきたが、そのたびに思うことがある。それは、文献によって知ることのできる歴史的事実などというものは、大海の中の一杯の水、いや一滴にもすぎないということだ。われわれは、発掘の成果というものを、いつ、どこでと具体的には予想だにできないのである。

万葉研究者は、歌が書かれた木簡が出土すれば、どんなにか、研究が進むだろうと思ってきたが、それがまさか現実に出土するなどとは思ってもみなかった。ところが、近年、いくつかの遺跡から、歌が書かれた木簡が出土し、歌を木簡に書くこともあったのだと、わかってきたのである。

この研究をリードした、栄原永遠男(さかえはらとわお)は、歌が書かれた木簡に、一つの形状上の特徴があることを突き止めた(『万葉歌木簡を追う〔大阪市立大学人文選書二〕』和泉書院、二〇一一年)。

†歌木簡

その特徴とは、復元すれば二尺になる縦長木簡に一行書きされ、原則一字一音の字音表記で書かれているという特徴である。こういった形状的な特徴のある木簡を、栄原は、「歌木簡(うたもつかん)」と名づけた。

歌木簡は、七、八世紀における歌の書き方を探る資料となるばかりでなく、歌集になる以前の歌のありようを推定する貴重な資料ともなり、今後の万葉研究にも少なからぬ影響を持つことは間違いない。

私は、思った。私の先生であった人も含めて、過去の研究者たちは、歌木簡の存在を知ることなしに、死んでいった。今、生きている万葉研究者は、これをどう見るか、よくよく考えなくてはならない、と。それが、今、生きてこの木簡を見ることのできた万葉研究者の使命ではないのか。

†秋萩木簡の出土

京都府埋蔵文化財調査研究センターと木津川市教育委員会は、二〇〇八年四月から二〇〇九年二月にかけて、京都府木津川市木津天神山地内および糠田(ぬかだ)の発掘調査を行った。いわゆる「馬場南遺跡(ばばみなみいせき)」といわれている遺跡である。この調査の過程で次のような歌木簡が出土した。一緒に出土した遺物から推定して、奈良時代後期に埋没した木簡であると考えられている。

報告書で判読されている文字は以下の通りである。

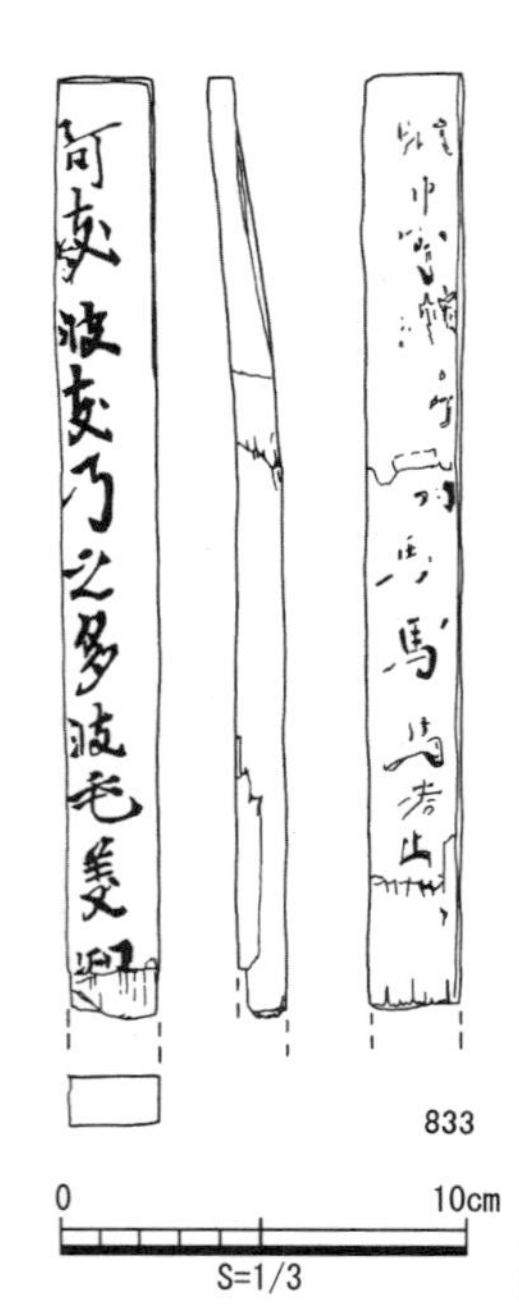

秋萩木簡（京都府埋蔵文化財調査研究センター『京都府遺跡調査報告集　第138冊』より）

木簡の出土した馬場南遺跡の発掘風景（出典、同上）

・「阿支波支乃之多波毛美□　〔智カ〕
　　□
・「　□□□□
　　□□□　　　馬馬馬馬□□□□

〔越中守カ〕　（234）×（24）×6～12　019＊
（伊野近富「京都・馬場南遺跡」『木簡研究』第三十一号所収、木簡学会、二〇〇九年）

「阿支波支乃之多波毛美智」は「秋萩の下葉もみち」と判読できることから、『万葉集』巻十の、

秋芽子乃　下葉赤　荒玉乃　月之歴去者　風疾鴨
秋萩（あきはぎ）の　下葉（したば）もみちぬ　あらたまの　月の経（へ）ぬれば　風を疾（いた）みかも　（巻十の二二〇五）

に当たると判断され、新聞紙上においては「万葉歌木簡」と称されることもあった。しかし、正確にいうと、そうではない。『万葉集』と歌句の共通する部分のある仮名書き木簡の発見というべきであろう。この木簡の歌句は、第二句の途中から欠けていて読むことができない。たとえ、第一句が共通であったとしても、二句目以降が同一の歌句であるる保証はないからだ。『万葉集』には、たくさんの似た歌々があって、第一句のみで断定はできないのである。ちなみに、この木簡は、「秋萩木簡」といわれている。なお、巻十の二二〇五番歌の訳文は、六九頁に示すことにする。

†歌木簡と『万葉集』研究

さらに考えなくてはならないことがある。『万葉集』に収載されなかった歌々も、古代社会には無限に存在していたということだ。だから、この木簡が、『万葉集』の歌と具体的にどのような関係にあったのかは、よくわからない。

その一方で、万葉歌と共通する歌句を仮名書きで記した八世紀中葉の木簡が出土したことは、万葉研究にとって大きな意義を持つ。それは古代社会において歌が歌われた機会や場、さらには筆録のありようを考える重要な資料となるからだ。

†萩の下葉の歌

そこで、気になるのは、『万葉集』の歌々と、出土した木簡の秋萩の歌は、どのような関係にあるのか、ということだ。そのことを知るためには、『万葉集』から、似た歌を拾い出せばよい。そこで、まず注目すべきなのは、「萩」の「下葉」について歌った歌が、『万葉集』のなかに、どれくらいあるかだ。『万葉集』において「萩」の「下葉」を歌った歌は、合計七首ある（該当部に傍線。波線部分については後述）。

①雲の上に　鳴きつる雁の　寒きなへ　萩の下葉は　もみちぬるかも
（作者未詳　秋の雑歌　巻八の一五七五）

〔雲の上で　鳴いている雁の音が　寒々と聞こえてくる　そう思うと同時に萩の下葉は　色づきはじめた――、拙訳〕

②我がやどの　萩の下葉は　秋風も　いまだ吹かねば　かくそもみてる

（大伴家持　秋の相聞　巻八の一六二八）

〔私の家の　庭の秋萩　その萩の下葉は　秋風も　まだ吹いていないのに　なぜかこんなに色づいている、拙訳〕

③　このころの　暁露に　我がやどの　萩の下葉は　色付きにけり

（作者未詳　秋の雑歌　巻十の二一八二）

〔最近の　暁の露で　わが家の庭の　萩の下葉は　ますます色づいてきた、拙訳〕

④　秋風の　日に異に吹けば　露を重み　萩の下葉は　色付きにけり

（作者未詳　秋の雑歌　巻十の二二〇四）

〔秋風が　日増し日増しに吹いてくると　露が重いので　萩の下葉は　ますます色づいてゆく、拙訳〕

⑤　秋萩の　下葉もみちぬ　あらたまの　月の経ぬれば　風を疾みかも

（作者未詳　秋の雑歌　巻十の二二〇五）

〔秋萩の　下葉がますます色づいてきた　あらたまの　月が変わったので　風が強く吹くからだろうか、拙訳〕

――

⑥ 秋萩の　下葉の紅葉　花に継ぎ　時過ぎ行かば　後恋ひむかも
（作者未詳　秋の雑歌　巻十の二二〇九）

〔秋萩の　下葉の紅葉が　その花に続いて色づくように　時が移り行けば　後でますます恋しく思われるだろうか、拙訳〕

――

⑦ 天雲に　雁ぞ鳴くなる　高円の　萩の下葉は　もみちあへむかも
（中臣清麻呂　巻二十の四二九六）

〔天雲に　雁がもう鳴き出した　高円の萩の下葉は　しっかり色づくことができるだろうか（枯れたり散ったりせずに）、拙訳〕

一見してわかることは、すべて五七五七七の短歌体であるということだ。また、もう一つ、一見してわかることがある。『万葉集』では、「萩」の「下葉」を歌う場合、例外なくその色づく様子が歌われている、ということである。古代の歌というものは、古い表現を踏まえて、新しい歌を作るので、このように似た歌が多いのである。

†「やど」の花

②③に出てくる「やど」とは、個人の住む家の前の小空間のことをいう。だから、自分の好みの植物を植えることができた。したがって、小さな庭と考えてよい。また、天平期においては、萩の花は、家々の「やど(屋前)」に移植することが流行した花であり、『万葉集』において歌われた。ちなみに、『万葉集』でいちばん詠まれている植物は萩で、約一四〇首、次に梅で一二〇首。さらに、松八〇首、橘七〇首、菅五〇首と続く。桜は六位で、四〇首に過ぎない。

しかし、かの萩の花も仲秋には散り、秋の深まりとともに根元に近い枝の葉の方から、少しずつ黄色く変色しはじめる。「下葉もみちぬ」とは、こういった晩秋の萩の様子を歌う表現なのである。

†秋の宴の歌

したがって、①〜⑦の歌は、すべて秋の深まりを詠む歌ということができよう。雁(①⑦)、露・霜(③④)、さらには日に日に冷たくなる秋風(②④⑤)を意識して、このように歌われているのである。おそらく、七首のうち六首が、春夏秋冬の四季分類がなされている巻八と巻十に集中しているのは、「萩」の「下葉」の「紅葉」が、秋を代表する景色として、すでに万葉歌の世界に定着していることを物語るものである。

さらに、注目したいことがある。⑦は、天平勝宝五年(七五三)秋八月十二日の宴の席の歌であるということだ。つまり、秋の宴で歌われるような歌だったのだ。

以上のことがらを総合して考えてみると、この木簡の歌句は、四季分類されている巻である巻八と巻十の天平時代の萩の歌のいわば定番であり、はやり歌ということができよう。

†馬場南遺跡の性格

ここでこの「秋萩木簡」が出土した馬場南遺跡の立地について紹介しよう。奈良側から見ると奈良坂を越え切ったところにあり、ここから平野が広がる。山背国(やましろ)(現、京都府)側から見れば奈良坂の入口と言ってもよい場所である。また、泉川(木津川)の泉津の南にあたり、交通の要衝であったと考えられる場所である。平城宮跡から、東上して東大寺をめざし、北上して奈良坂を越えると約十キロの行程となり、私の足でゆっくり歩いて二時間半かかって到着した。以上が私なりの馬場南遺跡の立地把握である。

この遺跡は、第一期（七三〇年代―七六〇年前後か）と、第二期（七六〇年前後―七八〇年代）に分けて考えられている。遺跡からは塑像のあった仏堂も確認されており、また、筆で「神雄寺」と書かれた土器が出土していることから、現在では神雄寺跡と考えられている。「神雄寺」は「カムヲデラ」か「カンノヲジ」ないし「カモデラ」と読めるだろう。

その馬場南遺跡の性格を考える上で注目すべき出土遺物は、主に灯明皿として使用したとみられる八千枚以上の土師器であろう。ほとんどの皿に煤が一箇所のみ付着していることから、おそらく一回だけ灯明皿として使用されたのちに棄てられたとみられている。八千枚以上もの灯明皿が一回のみ使用後、六箇所に分けられて遺棄されているところから、皿に油を入れて、灯りとし、その灯りを仏への捧げ物とする燃灯供養のような法会が行われたものと推定されているのである。このように法会との関係を想起させる遺物は、ほかにも見つかっている。

†天平期の歌木簡

出土した遺物がすべて同じ時に同じ用途で使用されたことなどあり得ないけれど、谷川を削って作った水路ないし池を中心に建物が配され、その一つに仏堂があったことは確かなようである。その仏堂で、八千枚以上も灯明皿を用いた燃灯供養が行われたこともあったようだ（後述）。

また、法会にあたっては、組立式の美しい彩釉山水陶器（さいゆうさんすいとうき）が飾られていたことも確認されている。実際に見せてもらったが、緑色が今も鮮やかに残っている。彩釉陶器は、当時としてはきわめて豪華なものであるという。陶器の具体的な使用法については不明だが、何らかの法会で用いられたことは間違いない。しかし、神雄寺は、文献にその名をまったく留めないのである。

ここで、ふたたび歌が書かれた木簡について考えてみよう。この歌木簡は一緒に出土した土器の形式による推定から七七〇年までに埋没した、と考えられている。歌の書かれた面は一回だけの使用であるが、裏面は一回から三回程度、削られて再利用されていることが確認されている。これは、二次利用、三次利用によるものと考えてよい。以上の点を勘案すれば、歌が書かれた年代が、七七〇年頃を下ることは、まずないようである。つまり、天平期の歌が記された木簡であることだけは間違いない。

†燃灯供養とは

そこで、まず、燃灯供養について、史料確認をしておきたい。燃灯供養は、法会の中で行われる儀礼の一つであり、光明を灯すことによる供養のことである。難しく考える必要などないのであって、仏壇に蠟燭を灯せば、それも一つの燃灯供養ということができる。僧による読経や過ちを悔いる悔過（けか）という儀礼が行われ、僧への施しをなす布施とともに、灯明皿をともす供養の儀礼が古代においても存在していたのである。ここで、二つの燃灯供養の例を見てみよう。

冬十二月の晦に、味経宮（あじふのみや）に二千一百余の僧尼に命を下し、一切経を読ませた。是の夕に、二千七百余の灯を朝庭内に燃して、安宅・土側等の経典を読ませた。そこで孝徳天皇は、大郡（おおこおり）より帰って、新宮にいらっしゃった。名づけてこの宮を難波長柄豊碕宮（なにわのながらのとよさきのみや）という。

（『日本書紀』孝徳天皇白雉二年〔六五一〕十二月晦条、拙訳）

丁亥に、天皇は命をお下しになって、百官人等を川原寺に派遣して、燃灯供養した。そのあとで、過ちを悔い食事をふるまう大斎悔過が行われた。

(『日本書紀』朱鳥元年〔六八六〕六月十九日条、拙訳)

前者は、難波長柄豊碕宮の新宮祝福を目的とするものと考えてよく、新しい宮殿に幸多かれと安宅・土側の読経がなされたのである。ちなみに「安宅」「土側」がいかなる経典であったかは現在不明だが、お経の名前であるということは間違いない。後者の記事は、川原寺で行われた悔過会にあたり燃灯供養が行われたことを示している。前者の記事には天皇もお出ましになり、後者の記事では百官、すなわち多くの役人の参集があったことがわかる。多くの人びとが、燃灯を見たと考えられる資料である。

†「にぎわい行事」だった燃灯供養

おそらく、燃灯供養は、多くの人びとに光明を見せることに開催の意味があったと考えるべきで、いくつかあった法会の儀礼の中でも、多くの人びとに開かれたものであったと考えられる。簡単にいうと、供養でありながらも一種の「にぎわい行事」ともなり、今日でいえば不特定多数の参集者に開かれた光のイベントなのだ。

少なくとも、以上の二つの記事は、七世紀中葉以降には、法会にともなう供養の一つとして燃灯が行われていたことを示唆し、「にぎわい行事」として機能していたことを意味する。こういった燃灯供養の「にぎわい行事」としての性格は、この木簡に歌が書かれた天平時代にも引き継がれている。

次に、『続日本紀』という史書の記事を見てみよう。

> 壬辰(じんしん)、天下の諸国に命じて、薬師如来に対して過ちを悔いる法会すなわち薬師悔過をさせること七日間。丙申、一百人を出家させた。この夜、金鐘寺と朱雀路とに灯一万枚に火を灯した。
>
> (『続日本紀』聖武天皇天平十六年〔七四四〕十二月四日―八日条、拙訳)

この記事では、薬師悔過の翌日に燃灯供養が行われたことが確認できる。また、次の記事のように、

甲寅、聖武天皇と元正(げんしょう)太上天皇と光明皇后とが、東大寺の前身である金鐘寺にお出ましに

なって、盧舎那仏に対して燃灯供養なさった。仏の前後の灯は一万五千七百余坏にも及んだ。夜、午後八時頃に至ると数千の僧に命じて、灯を捧げ、仏を讃め称える供養をして、大仏を巡(めぐ)ること三回。午前〇時頃に至って天皇、太上天皇、皇后は宮にお還りになった。

(『続日本紀』聖武天皇天平十八年〔七四六〕十月六日条、拙訳)

とあって、聖武天皇と元正太上天皇と光明皇后がお出ましになって、数千の僧が動員された燃灯供養もあったようである。これら『続日本紀』の二つの記事からわかることは、聖武朝の燃灯供養は、規模も大きく、大人数の動員を前提とした「にぎわい行事」であったということであろう。

†法会と歌

法会とその行事をみてきたが、前出の歌木簡についてさらに考えるためには、次に古代社会において法会に伴って歌が披露されるような場が存在したかどうか、ということを考えなくてはならない。まず、巻二の挽歌の例を見てみよう。

天皇の崩りましし後の八年の九月九日、奉為の御斎会の夜に、夢の裏に習ひ賜ふ御歌一首〔古歌集の中に出でたり〕

明日香の　清御原の宮に　天の下　知らしめしし　やすみしし　我が大君　高照らす　日の皇子　いかさまに　思ほしめせか　神風の　伊勢の国は　沖つ藻も　なみたる波に　塩気のみ　かをれる国に　うまこり　あやにともしき　高照らす　日の皇子

（巻二の一六二）

訳すと、

天皇が崩御なさった後八年目の九月九日、御斎会が行われた夜、夢の中で繰り返し唱えられていたお歌一首〔この歌は古歌集の中に出ている〕

飛鳥の　清御原の宮で　天下を　お治めになった　やすみしし　わが大君である　高照らす　日の御子さま　日の御子さまでおありあそばす先帝・天武天皇さまは　どのようにお思いになってか　神風の　伊勢の国は　沖の藻も　なびいている波に　潮の香が　立ちこめている伊勢の国に行かれてしまった（だから、どうすることもできない）　うまこりたまらないほどお逢いしたい　高照らす　日の御子さまであることよ――

（拙訳）

となろうか。この歌は、御歌とあるところから、今は天皇となった持統皇后が、后の立場で歌ったものと考えられている。御斎会とは、参集者・僧侶への食物のふるまいを行なう法会であり、持統天皇七年（六九三）九月九日は、天武天皇が崩じて八年目に当たっていた（朱鳥元年〈六八六〉崩御）。歌は、伊勢と天武天皇との結びつきを説くものであり、伊勢神宮が天皇家の祖神になってゆくことと関わりがあるといわれている。

†御斎会の翌日の歌

『日本書紀』には、この持統七年（六九三）の九月の翌十日、天武天皇のために無遮大会が行われたとある。

丙申に、天武天皇の為に、無遮大会を内裏で行なった。囚われの身となっている囚人は、ことごとくこれを赦し、釈放した。

（『日本書紀』持統天皇七年〔六九三〕九月十日条、拙訳）

御斎会の翌日に、無遮大会が行なわれたということは、持統天皇が自ら主催者となり、多くの人びとに施し（ほどこし）をしたことを示している。「無遮大会」とは、老若男女、貴賤、在家者出家者等の区別なく、広く食事のふるまいを行なう法会のことである。天武天皇追善供養の意味を込めて、食事のふるまいがあり、燃灯供養のような「にぎわい行事」が、内裏で行なわれたのだろう。また、同じく追善の願いを込めて恩赦も行なわれたのであった。

真偽のほどはともかく、天武天皇が亡くなった九月九日の夜の夢で習った歌と称する歌ならば、その披露が可能なのは九月十日の朝以降となるはずである。そのため、九月九日の御斎会の夜の夢の裏の歌は、翌日の内裏での無遮大会か、無遮大会に付随する「にぎわい行事」において示された、と考えられる。伊勢に赴いた天武天皇の御魂をいとおしむ皇后の歌という内容から考えても、十日の無遮大会で披露されたといえそうだ。

†ふたたび秋萩木簡について考えてみる

話を「秋萩木簡」に戻そう。よく見ると、この木簡には、横幅いっぱいに文字が書かれている。これは、なるべくはっきりと字を書くための工夫であると思われる。このように字を大きく書くことによって、少し離れた位置からも、字が読めるようにしているのである。

その配慮は、筆使いからも確認できる。筆を最初に置く起筆部で筆を充分に押えた上で、墨線が細くなり過ぎないように細心の注意が払われているのである。その一方で、墨線と墨線が重ならないように、逆に線と線との間をなるべく取るように、一画一画丁寧に書かれている。なるべく大きく、さらには墨線が細くなり過ぎぬよう、しかも、墨線が重なって線が潰れてしまわないように注意して、丁寧に書いている。

では、なぜそのような配慮がなされているのか。読み手に対する思いやりのようなものが書き手にあるからである。一字一字を読み手が正確に把握し、間違いなく読めるように工夫して書かれているのである。

おそらく、それは歌詞カードとして使用することを念頭において制作したからであろう。もちろん、このような心づかいは唱歌する人びとのためのものだったかもしれないが、歌い終われば展示したのではなかろうか。皆で、楽しく歌ったあとに、この行事の記念として飾られることを念頭において制作されているのであろう。

†神仏の愛でたまうものを人もまた愛でる

法会には、読経や経典の講説など、その大切な部分がある。一方、それらの大切な部分が済むと、今度は参会者皆で楽しむ「にぎわい行事」となる。燃灯供養も、本来は仏へ捧げるものなのだが、人もこれを見て楽しむものと考えてよい。神仏の愛でたまうものを、人もまた愛でるのである。人が楽しむこともまた供養なのであって、だからこそ、法会においては、さまざまな芸能が奉納されるのである。その芸能は、神仏への奉納といいながら、人もまたこれを見て楽しむものであった。

おそらく、法会の「にぎわい行事」に集った人びとは、天平のはやり歌ともいうべき、萩の下葉の紅葉の歌を歌ったのであろう。参集した人びとは、歌ったあとに、その木簡をふたたび見て、歌われた歌を味わったと思われる。

†横田健一先生の話

亡くなった古代史家、横田健一先生(一九一六—二〇一二)は、よくこんな話をして下さった。築地小劇場でも、旧制高校の寮祭の劇でも、そうであったが、観客の中から、劇中歌がすばらしい歌だったので、終演後にその歌詞を教えてほしいという人が現れたことがあったそうだ。そこで、劇場や寮の側では、劇が終わったあとに、その劇中歌の歌詞を貼り出したそうである。時には、なごり尽きない観客と演者がその場に集い、ふたたび劇中歌を歌うこともあったそうである。

こうやって、高まった感動を互いに確認・共感しあうのだろう。また、その折に、劇中歌をメモ帳に書き留めて帰る人もいたと聞いた。時にはドイツ語の場合もあったが、ドイツ語を学んだことのない人でも、アルファベットを書き写して帰っていったという。皆で楽しく歌った歌を、ふたたび自分でも歌いたいと思う人も多いから、そういう劇中歌の貼り出しが行われていたのだろう、と横田先生はにこにこと語ってくれたものだ。

今、私は、横田先生のこの話を思い出す。そして、この木簡も同じような役割を果たしたのではないか、と考えている。

†万葉研究と考古学

私は、馬場南遺跡に立ち、八千枚に及ぶ棄てられた土器を実際この目で見た。その数の多さに目を奪われた日のことを、昨日のことのように思い出す。そして、万葉歌と共通する歌句が記された木簡を見て、その用途について考えてみたくなった。何のために、木簡に歌を書いたのか。次に記す私の考え方には賛成者も多いが、もちろん批判もある。しかし、あえてその概要を記しておこう。

一、燃灯供養も、唱歌も、ともに、法会の最終日の「にぎわい行事」と考えてよい。法会といっても、多くの人が集まる「にぎわい行事」の日もある。

二、たくさんの聴衆が参集する唱歌の場で歌われる歌は、はやっていて、なじみやすい歌が選ばれたはずで、それが秋萩木簡の歌だったと推定できる。

三、二尺・一行書き・一字一音式の表記の歌木簡が、唱歌において必要な場合とは、唱歌される歌を知らない可能性のある聴衆の参集が予想され、聴衆に対して歌を示す場合であった、と推定される。だから、秋萩木簡は、あとで飾られたのであろう。

出土した一枚の木簡は、私たちに古代社会における歌の歌われる場について、具体的な手掛かりを与えてくれた。また、木簡に歌を書くことの意味も教えてくれた。一つの木簡が私たちと古代の歌の場とを結びつけてくれたのである。

ただ、ここまで読んでくれた読者の皆さんに対し、一言断っておきたいことがある。ひょっとして、本書が世に出た後、また皆さんが読んでいる今この時にも、新しい発掘の成果が発表され、この学説が覆される可能性もある。それが、考古学とも連携する二十一世紀の万葉研究の「今」なのである。

第五章　日本語を漢字で書く工夫

†日本は日本語の島である

歌が文字と出逢い、文字で歌を残す意志があり、歌を支える流通チェーンのごときものがある。そういった環境が整わなければ、歌集は生まれなかったということを、あれこれと述べてきたわけだが、この章では、日本語を漢字で書き表すためになされてきた、さまざまな工夫について、考えてみたい。

本書もそうであるが、今日われわれは、あたりまえのこととして、漢字仮名交じり文を使用している。しかし、それは、数千年単位で試行錯誤を繰り返してみて、ようやく辿り着いた方法なのであった。『万葉集』に、日本語を書き留めるためのさまざまな漢字の使い方が残っているのは、『万葉集』の時代においては、漢字の使い方を模索していたからである。どうやったら、漢字で日本語を書くことができるのか。それは、日本語を漢字で書くための悪戦苦闘の歴史でもあるのだ。

今日の日本語のなかには、膨大な漢語が入っている。これは、朝鮮語においても同じである。しかし、そうであっても、日本語と中国語と朝鮮語は別の言語である。ここで、別の言語といったのは、それぞれ異なる「音韻体系」と「文法体系」を持っているからである。音韻体系とは、音声をそれぞれの意味として認める単位のことである。よくいわれるのは、日本語にはL音とR音の区別がない。また、原則として、〈母音〉か〈子音＋母音〉なので、中国語と異なり、子音で終わることはない。また、文法体系も異なっている。

†古代の文章

では、われわれは、どのようにすれば、古代の日本語について考えることができるのか。やはり、古代文献を読むしかない。しかも、日本の古代文献は、八世紀初頭に成立した書物でしかない。

もちろん、出土資料には、それを遡るものはあるけれども、文献として残っているものは、『古事記』『日本書紀』『万葉集』『風土記(ふどき)』などである。これらの書物は、日常的に日本語を使用している人が、日常的に日本語を使用している人のために書いた書物である。が、しかし。ほとんどの文章が漢文すなわち、中国文で書かれている。なぜなら、八世紀においては、日本語を記すための日本語固有の文字がまだなかったためであり、日本語の文章を書き表す方法が未発達で、自由に書くことができなかったからである。

では、八世紀前半にはどのように文を綴っていたのか。主に、三つの方法が採られていた。

一、中国文を中国文として書いたり読んだりして、その意味を日本語に置き換える。

二、中国文を語順を入れ替えたり、日本語に置き換えたり、助詞、助動詞を補ったりして書く(訓読)。

三、漢字の意味を捨て去り、音のみを借りて、日本語を発音したままに書く(音仮名利用)。

この三つを、それぞれの用途にあわせて、使い分けていたのである。一の方法は、文意は読み取れても、日本語としてのニュアンスがうまく伝わらない方法である。三の方法は、日本語の文として書き表すことはできるから、ニュアンスは充分に伝わるが、文が長くなりすぎてしまうので、読むのに時間がかかってしまう。二が、いわゆる「訓読」で、三は、「仮名書記／仮名表記」である。

国家事業として、『日本書紀』などの歴史書を編纂するに際しても、どうやったら、自分たちの歴史を、よりわかりやすく伝えられるのか、そして、微妙なニュアンスも伝えられるのか、人びとはさまざまな工夫をこらしていた。

†太安万侶のジレンマ

この日本語で書くことのジレンマを、『古事記』序文は次のように伝えている。訳文、書き下し文の順番で示しておこう。

しかしながら、古き世にありましては、言葉も内容もともに素朴であり、文章をなし、句を作ろうとしましても、文字に書き表すことがはなはだ困難なのでございます。文字を訓で読むように書きますれば、そのもとの大和言葉が思いつかぬでありましょうし、かと言って字音を書きつらねて読むように書きますれば文がたいへん長くなってしまうのでございます。したがいまして、今、一句の中に音読・訓読の文字を交えて使うこととし、時によっては一つの事を記すのに全く訓読の文字ばかりで書き表したのでございます。

（拙訳）

然れども、上古の時は、言と意と並に朴にして、文を敷き句を構ふること、字に於ては即ち難し。已に訓に因りて述べたるは、詞心に逮ばず。全く音を以て連ねたるは、事の趣更に長し。是を以て、今、或るは一句の中に、音と訓とを交へ用ゐつ。或るは一事の内に、全く訓を以て録しつ。

（上巻　序、山口佳紀・神野志隆光校注・訳『古事記〈新編日本古典文学全集〉』小学館、一九九七年）

太安万侶は、先祖の物語を書き留め、後世に伝えるにあたり、漢文と万葉仮名の和文を組み合わせて、『古事記』を筆録した。その理由を、以上のように述べているのである。

安万侶は漢文によって『古事記』を綴ったが、歌は、一字一音の仮名で、それを綴っている。というのは、歌は情を伝えるもので、「好きだ」「好きよ」「好きです」というように、ニュアンスが大切だからである。ちなみに、安万侶は、さらに必要に応じ注を施すことによって、その物語の真意を伝えようとしていたのであった。

†日本語で書く苦労

こう考えると、今日、われわれが使用している漢字仮名交じり文は、日本語使用者のさまざまな工夫を歴史的に積み上げて、つくり上げた英知の結晶といえるだろう。

では、日本においては、なぜ「訓読」が発達したのであろうか。それは、中国語で会話をする必要のある人など、ほとんどいなかったからである。周囲の国々と海によって隔てられた日本は日本語の島といってよく、そこに中国人が訪れることも稀であり、海を渡って中国に行く人も限られていた。

したがって、進んだ文化を取り入れるために中国文を、中国語を修得せずに読む技術が発達したのであった（金文京『漢文と東アジア――訓読の文化圏』岩波新書、二〇一〇年）。

ちなみに、私が中学生であったころ、ネイティブスピーカーと一度も話したことのないという英語の先生は、たくさんいた。アメリカに留学経験のある友だちは、英語の時間、わざと下手に発音していたものだ。先生のプライドを傷つけないために。

こういった知のあり方は、その後の日本文化の特徴となってゆく。基本的には、文化は外から受け入れるもので、受け入れたものを、自分たちの使いやすいように改良してゆくこと、それのみに情熱を傾ける文化が形成されていったのである。

†膠着語の利点

中国語は、孤立語といわれる言語的な特徴をもっている。ひとつひとつの単語が変化を起こさず、孤立しているからである。対する英語やドイツ語は、単語が変化する屈折語である。一方、名詞や動詞などの自立語に、助詞や助動詞などの付属語をくっつけることによって文をつくる膠着語(こうちゃくご)という言語もある。日本語や朝鮮語が、これにあたる。「行く」「行かず」「行く時に」「行きます」というように、付属語が単語と単語を繋いで、文を作ってゆく。じつは、この膠着語は、外国語を借用するのにたいへん便利な言葉なのである。

例えば「読書」という漢語を、

書を読む

のように書き下すこともできる。また、

読書します
読書する時にはね
読書が大好きなんですよ

のように、日本語に取り込んでゆくことができる。今日の日本語には、大量の欧米語が流入しているが、付属語がとりついて日本語のなかに定着させているといえるだろう。こうなると、外来語もたちまちのうちに日本語となってゆく。これこそが、膠着語の特徴であり、訓読から発達した技術の賜物なのである。外国語を修得せずとも、その知識を学ぶ技術が発達していったのである。

一方で、取り入れた外国語が不要となれば、まったく使わなくなってしまう。大量に受け入れて、大量に捨てて、常にバージョンアップしてゆくのである。これは、強力な文明の周縁で生きてゆく人間の知恵であったといえよう。つまり、日本語は、中華文明圏の周縁の言語ということができる。

†訓読の文化

じつは、八世紀において、苦労しながらも、歴史書を完成することができたのは、膠着語の利点を最大限に活かした中国語の訓読に慣れ親しんでいたからなのであった。

ア　固有名詞を訓字で書き表している
イ　訓読による日本語文
ウ　漢字を音としてのみ用いる音仮名
エ　訓読による日本語文（**イ**）と、音仮名（**ウ**）の混用

これらの方法が、試行錯誤されていたからこそ、『古事記』や『日本書紀』を作ることができたのである。こういったさまざまな日本語の書き方が、混在して行われていたことを示す考古資料がある。奈良県高市郡明日香村の川原寺近くから出土した杯である（『飛鳥宮と難波宮・大津宮』〔奈良県立橿原考古学研究所附属博物館特別展図録　第八十二冊〕奈良県立橿原考古学研究所附属博物館、二〇一四年）。

杯の縁をめぐるように書かれた文字は、一部欠けがあり、判読できないところもあるが、次のように書かれている。

川原寺杯莫取若取事有者□□相而和豆良皮牟毛乃叙　又毋言久皮野□

訳すと、「川原寺の杯だ。取るなよ。もし取ったら□□して、悪いことが起きるぞ。また、正直に言わないと□□ということになるぞ」となろうか。これを書き下し文にすると、

川原寺の杯(つき)なり、莫取(なと)りそ。若(も)し取る事有らば、□□相ひて、わづらはむものぞ。又、言(い)は毋(な)くは□□。

となるであろう。あらゆる書き方を総動員して書いたような文である。アイウエのすべての書き方が使用されている。傍線部ウの部分は、どうしても、情に訴えて「わづらふ」(現代語「患(わずら)う」)という日本語で書きたかったのであろう。災難にあったり、病気になるぞということを強調したかったと思われる。

杯を焼き上げる前、半乾きの状態で、おそらくは針のような金属製の棒で書いたものである。土器の形態や出土状態から、七世紀後半のものといわれているこの杯は、漢字による日本語のさまざまな書き方を伝えてくれるのである。

†一字一音で書くということ

この杯については、関西大学の村田右富実教授らと実見する機会を得たのだが、文字がかなり小さくて、実際に手に取らなくては読むことができなかった。土器に墨で、所有者を記すことは、当時からよく行なわれているが、明らかにそういう書き方とは異なっている。文字が小さくて、近くで見ないと読めないし、手に取って一回転させないと読むことができない。明らかに、読み手に対するいたずらである。とするならば、土器の生産の現場にいるような人物、すなわち身分のそれほど高くない人物による手すさびと考えられる。そういう人物も、さまざまな書き方で、自分の思いを伝えていたことがわかる。

『万葉集』も、一字一音の漢字の字音表記で誤読されないように歌を書く場合や、まるで漢文のように、書き下し文にしなくては読めないような書き方など、さまざまな書き方が混在している。おそらく、それは、その時々に、書き手がこの方法こそ適切だと判断して用いた書き方なのであろう。

例えば、巻十に、こんな歌がある。書き下し文を示すと、

秋山の　したひが下に　鳴く鳥の　声だに聞かば　何か嘆かむ
（巻十の二二三九）

となる。訳を示すと「秋の山の黄葉（もみじ）の下で　鳴く鳥の声……　その鳥の声ではないけれど　あの人の声だけでも聞くことができたら　どうして嘆くことがあろうか」となろうか。
これを原文で示すと、次のようになる。

金山　舌日下　鳴鳥　音谷聞　何嘆

助詞と助動詞が示されないので、「あきやまのしたひがしたになくとりのこゑだにきかばなにかなげかむ」と傍線部のように助詞・助動詞を読み手が補う必要がある。しかも、便宜上、句と句の間を一字空けたが、原文にはない。だから、句の切れ目を読み手が考えなくてはならないのだ。また、こういう書き方に対して、一字一音で、助詞・助動詞をしっかり記す書き方もある。

夕占（ゆふけ）にも　今宵（こよひ）と告（の）らろ　我が背なは　何故（あぜ）そも今宵　よしろ来まさぬ
（巻十四の三四六九）

という歌は、「夕方にする占いにも『今夜はいらっしゃる』と出たのよ　それなのに、それなのに、私の夫は　どうして今夜……　来てくれないのかなぁ――」というくらいの意味を持つ歌であるが、原文では、

由布気尓毛　許余比登乃良路　和賀西奈波　阿是曾母許与比　与斯呂伎麻左奴

のように書かれている。すべての助詞・助動詞が書かれているのである。これは東歌（あずまうた）で東国の人びとの歌なので、おそらく、東国なまりを正確に書き記すために、一字一音で書かれたのであろう。このように『万葉集』の書き方も、じつに多種多様なのである。

†日本語はどこから来たのか

私たちが、今ある文献資料、考古資料から辿り得る日本語の歴史とは、せいぜい七世紀

後半からであり、それ以前については、文字からは研究できない。

例外的に可能なのは、『魏志』東夷伝倭人条に見える日本語だが、こちらは中国の役人が書き留めた日本語が、中国史書にまるで化石のように残ったものである。そこにある日本語は、八世紀の資料にあるものと繋がるのであり、ヒト、モノを通じてできたネットワーク、そのネットワークから生まれた「クニ」、その「クニ」の連合体を統括する日本語があったことは、間違いない。

では、その日本語は、どこから来たのか。これを論ずることは、たいそう難しい。近年出版された『日本語の起源と古代日本語』(京都大学文学研究科編、臨川書店、二〇一五年)では、日本語と関係あると論じられた言語が、

朝鮮語、モンゴル語、南島語(マライ・ポリネシア諸語)、ツングース諸語(高句麗語)、
チベット語、アイヌ語、タミル語

と指摘され、その研究の歴史が記されている。それは、さまざまな観点から論じられたものである。一つの考え方としては、今ある言語の音韻と文法体系を比較し、諸言語間の

遠近を判断して、近いものどうしの親類関係を想定する方法である。そして、それを系図のように整理して、共通の祖先を探す方法である。この方法は、インドの言語と欧州の言語が同一の祖を持つことを突き止めるなど、大きな成果を上げてきた。簡単にいうと、世界の諸言語の系統図を作る方法である。いわば言語進化論の考え方である。よくいわれる「日本語はウラル・アルタイ語族の言語の一つです」という説や、「日本語はアルタイ語族の一つです」という説は、この方法から導き出されたものである。

†系統不明の言語である日本語

一方、こういう従来の比較言語学の方法では、日本語の起源や、北東アジアの諸言語との比較はうまくゆかないとする見解もある。本書では、現在、精力的に日本語の祖について発言している松本克己氏の説を紹介したい。

人類は、二十万年前にアフリカで誕生し、約六万年前から世界に拡散しはじめたとするのが、今日の一般的な説である。日本列島へは、三つのルートでやって来たとされ、サハリンから北海道へのルート、対馬から九州へのルート、台湾から沖縄へのルートであり、研究者ごとに判断は異なるが、最初の到達は三万八千年前とする説もある。

注意すべきは、ユーラシア大陸における人類の拡散という点からいえば日本への到達はきわめて遅く——辺境、周縁、周辺ということになる。ところが、辺境、周辺であるがゆえに、その後のユーラシア大陸における大きな言語の変化の波が届きにくく、むしろ古層の言語が優勢のまま残ったと松本はいう。

松本の分類では、日本語周辺の朝鮮語、アイヌ語、ギリヤーク語は、系統不明の言語ということになるが、これらの諸言語に共通する点こそ、古層の言語の特徴であると説いている。そして、その共通点は、「むしろユーラシア中心部ではほとんど消し去られてしまった古い言語特徴の名残と見なければならない」といい、

それは、概略的に言うと、新石器時代以降に発達した人類の主要な文明の中心地から隔たった周辺地域か、あるいは地理的に周囲から隔絶した孤立地域である。日本語を含む北太平洋沿岸部からシベリア北東部は、おそらくそのような周辺地域に属し、また、言語分布が極めて複雑なオーストラリア（とりわけその北西部）、ニューギニア（特にその高地部）、南北アメリカ大陸（特に北アメリカの西海岸や南米のアマゾン地域）なども、同じような周辺地域として位置づけられるだろう。

（松本克己『世界言語のなかの日本語――日本語系統論の新たな地平』三省堂、二〇〇七年）

としている。もちろん、松本の考え方は、最先端ではあるけれども、定説ではない。

†辺境の言語である日本語

著者の専攻する分野は、万葉文化論で、たかだか千三百年前の言語文化であるが、松本の学説に接して、次のように考えるに至った。それは、日本の言語文化は、二つの意味で、辺境の言語文化であるということである。ユーラシア諸語の言語文化の辺境であると同時に、四千年前からは中華文明圏における辺境の言語文化だということだ。端的にいえば、中国を中心とした漢字文化圏の辺境であるということである。

辺境で起こる文化には、二つの特色がある。一つは、著しい後進性である。つまり、遅れているのである。だからこそ、古いものも残る。けれども、以下の側面もある。辺境であるがゆえに、あらゆるものがとらわれなく結び付き、融合してゆくことになり、中心にはない独自の文化が生まれ易いということである。

朝鮮半島のハングルよりも先に、仮名文化が生まれ、仮名によって女性が物語文学を書き、宮廷の女官たちによる女房文学の花が十一世紀に咲いたのは、かくのごとき理由があるからである。

この章では、川原寺の土器を取り上げたが、その書きぶりは、正しい漢文の書き方から見れば、融通無碍（ゆうずうむげ）なものである。悪くいえば、デタラメだ。それは、カタを守るという性質すなわち規範性の高い中心、中央の文化にはない辺境の自由さでもあり、辺境文化の創造性であったと考えることもできるはずだ。しかも、海を隔てていれば、なおさらのことである。

繰り返しになるが、日本は、辺境の言語、日本語の島ということができよう。

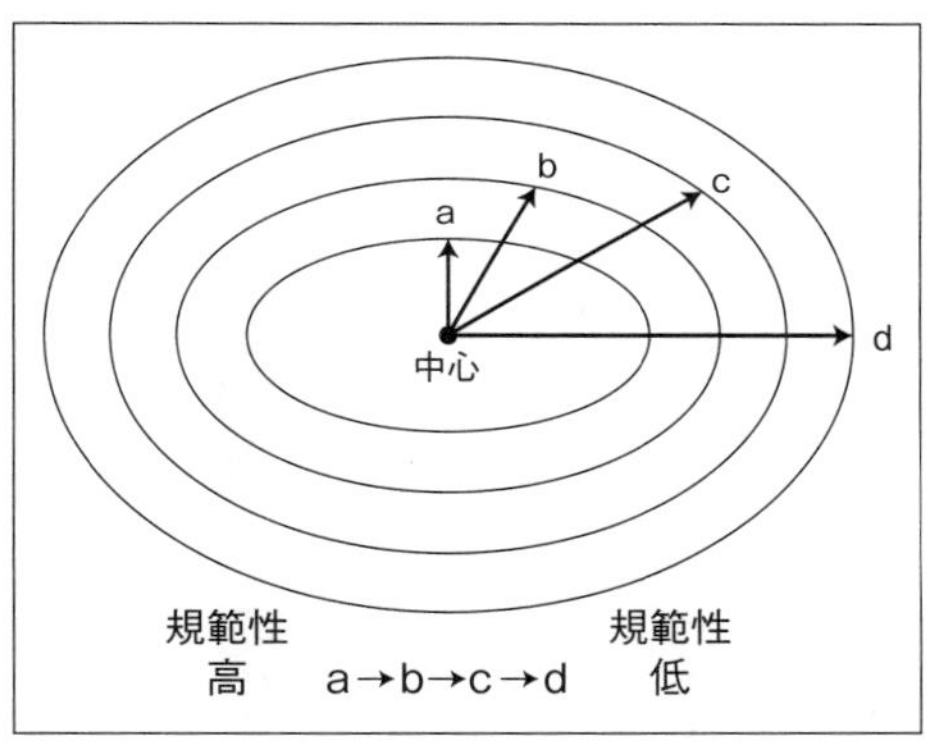

言語に対する規範性の強弱

第六章　日本型知識人の誕生

†山上憶良の思考

強力な文明圏の辺境にあった日本。だからこそ生まれた辺境の文化。この三十年ほど、『万葉集』の研究に携わってみて、最近、このことをしみじみ思う。かくも、さまざまな漢字の使い方が、一つの歌集のなかに混在しているのは、漢字文化圏の辺境ならではの混乱ということもできよう。

しかし、それは同時に、われらがご先祖さまたる日本語の使い手たちの悪戦苦闘の歴史であると考え直すこともできる。さまざまな方法が試みられていたために、二百年後の平安時代の人びとも『万葉集』を読めなくなっていた。

数年前、私は、契丹国（九四七―一一二五）の文物をまとめて見る機会があったのだが、最初に出た言葉は、「あぁ、天平文化とおんなじだ」「おくれてやって来た唐文化かぁ」であった。そして、次に出た言葉は、「唐帝国の文化の日本版が天平文化なら、契丹国の文化も唐の文化の影響を受けて成立した。だから、契丹も、渤海も、西域も、ベトナム（林邑）も、箸を使うし、漢字、儒教、律令、仏教で国造りをしたのかぁ」であった。

†文明圏の辺境

文明圏の辺境であったことによって、独自の文化を持つことができた点が、重要であると私は考えている。その漢字文化圏の辺境で生まれたのが『万葉集』だからである。本章では、かくなる辺境に生まれた「知」のあり方について、見てみたいと思う。古代日本の知識人たちは、正統なる中華文化をいかに変化させ、ねじまげ、己のものにしていったか。「日本型知識人の誕生」と章題に掲げたのは、そのためである。

本章において日本型知識人の代表として取り上げるのは、山上憶良（六六〇頃―七三三頃）である。天平時代を代表する知識人ということならば、躊躇なく、私は山上憶良を挙げる。それは、無位無官の身でありながら、その学殖によって遣唐使に任命され、帰国後、学問によって、最下位ながらも貴族に列することができたのだから。しかも、『万葉集』には、歌のみならず、漢詩文も収載されているから、同時代の知識人のなかでは、きわめて詳細に、彼の思考のありようを知ることができるのである。

それらを読むと、憶良が儒教、仏教、道教及び老荘思想にも通じていたことがわかる。いわば、隋唐帝国の中華文明圏の教養を身につけて体現していた知識人なのである。その知のスタイルの淵源は、中国の六朝知識人に求めることができる。憶良が、儒教にも、仏教にも、道教にも傾倒しながら、それぞれに対して時に批判的なのは、中国においては、儒仏道の激しい争論の歴史があることを知っていたからであろう。

†子等を思ふ歌

では、彼はどのような方法で、自らの思想を伝えようとしたのか。有名な「子等を思ふ歌」から、考えてみよう。まず、訳文から示しておこう。

A2　子ども等を思う歌一首〈と序〉

B2　釈迦如来が、正しく金口にて説きたまうことには、「衆生を平等に思うことは、わが子である羅睺羅（らごら）を思うのと変わるところがない」と。また、お説きになることには、「愛欲の迷いについていえば、子に優るものはない——」と。釈迦のような究極の大聖人でさえ、やはり子に愛着する心があったのである。まして、人の人たるもの、よるべなき草のごとき民においては、誰が、子を愛さずにいられようか。

C2

瓜を食べるとね
子らのことが思い出されてしまう
栗を食べるとね
なおさら偲ばれる
どこからやって来たのか
眼の前に
むやみやたらにちらついてね
私を眠らせないのは——

D2

反歌

E2　銀も
金も玉も
それがいったい何になるというのか――
子に勝る宝など
あろうはずも無し！

（拙訳）

この歌は、ひときわ人口に膾炙している「銀も　金も玉も　なにせむに　優れる宝　子に及かめやも」（巻五の八〇三）という歌である。金銀財宝の価値に優る宝こそ、子どもである、というこの歌を、今日、われわれは、人類普遍の価値を歌っていると考えている。欲望に心を奪われて、家族愛を見失うことへの警鐘として、この歌が引用されることも多い。「大切なのはお金ではありませんよ。人です、人の心です。子どもこそ宝ではありませんか」と。

†それはどのように書かれているのか

けれども、この歌は、この一首のみで伝わっているわけではない。次のABCDEから成り立っているのである。

A **題詞**（いわば、歌につけられた題で、読み手は、これで次に書かれていることを、およそ推測できる）

B **序**（歌を読む前に、知っていてほしい情報が示されている。この序は、憶良の手になるもので、歌を解釈する上で補助線の役割を果たすことになる）

C **長歌**（日本語で示された六句以上からなる歌）

D **「反歌」という標示**（この次に示されている歌が、長歌に付随する歌であることを示している）

E **反歌**（長歌の内容を、補助したり、展開させたりする日本語の歌で、ここでは五・七・五・七・七の短歌体）

つまり、A〜Eのなかの一つに、Eの「銀も金も」の歌があるのであるから、Eを正しく読解するには、A〜Dも読む必要があるのである。

憶良の「子等を思ふ歌」のA〜Eを原文で示そう。

A　思子等歌一首〔幷序〕

B　釈迦如来、金口正説、等思衆生、如羅睺羅。又説、愛無過子。至極大聖、尚有愛子之心。況乎世間蒼生、誰不愛子乎。

C　宇利波米婆　胡藤母意母保由　久利波米婆　麻斯提斯農波由　伊豆久欲利　枳多利斯物能曾　麻奈迦比尓　母等奈可ゝ利提　夜周伊斯奈佐農

D　反歌

E　銀母　金母玉母　奈尓世武尓　麻佐礼留多可良　古尓斯迦米夜母

となる。漢字仮名交じり文を常としている現代人には、訓むのははなはだ難しそうに見えるが、慣れてしまえば問題はない。文字体系とは、そのようなものと考えられる。現代の文章の書き方を、万葉びとが見たら難しいと感じるだろう。

前章で述べたように、この時代、後の時代から見れば、片仮名の萌芽に当るものも若干は存在し、助詞・助動詞を仮名書きすることも行われていたのだが、今日のように、漢字と平仮名・片仮名を組み合わせて書く方法は存在しなかった。というより、そういう書き方は、平安朝以降のさまざまな試行錯誤のうえに辿り着いた書き方なのである。したがって、今日の漢字仮名交じり文も、日本語の書き方の一つとして現在選ばれたものでしかないのだ。繰り返しとなるが、それくらいに考えておいた方がよいのである。

これを漢字仮名交じり文で書くと、

A1　子等を思ふ歌一首〔幷せて序〕

B1　釈迦如来、金口に正しく説きたまはく、「衆生を等しく思ふこと、羅睺羅のごとし」と。また説きたまはく、「愛するは子に過ぎたりといふことなし」と。至極の大聖すらに、なほし子を愛したまふ心あり。況や、世間の蒼生、誰か子を愛せざらめや。

C1　瓜食めば　子ども思ほゆ　栗食めば　まして偲はゆ　いづくより　来りしものそ
まなかひに　もとなかかりて　安眠しなさぬ

D1　反歌

E1　銀(しろかね)も　金(くがね)も玉も　なにせむに　優(まさ)れる宝　子に及(し)かめやも

（巻五の八〇二、八〇三）

となる。A1〜E1のように漢字仮名交じり文で書いてしまえば、わからなくなってしまうのだが、A〜Eの原文を見れば、

A　漢文
B　漢文
C　和文
D　漢文
E　和文

で構成されていることに注意しなくてはならない。漢字を使用することにおいては同じでも、ABDは当時の中国語の書き言葉、CEは日本語の文で書き留められているのである。

ちなみに、CEは詩歌を書く文体「韻文（いんぶん）」である。歌言葉と口語とは近いので、当時の口語に近いものと考えておいてよいだろう。CとEは、漢字の音を用いて書く、一字一音表記で、漢字の本来持っている意味を切り捨てて、漢字の音のみを借りて、歌を書き留めているのである。これが、いわゆる万葉仮名である。

つまり、山上憶良という当時の知識人は、漢文と万葉仮名を使った和文を組み合わせて、自らの思惟を表現しているのである。

†漢文と和文の組み合わせ

漢文による序文に、万葉仮名で記された和文の歌という組み合わせは、『万葉集』の巻五と巻十六に多用されている方法である（巻十六については後述）。おおむね、この方法は、話の概要を漢文で伝え、微細な心の襞（ひだ）を含む歌は、万葉仮名の一字一音表記を用いる方法ということができる。

理を伝える――漢文
情を伝える――万葉仮名の和文

と書き分けているのである。漢文に精通すれば、話の筋やことの顛末は伝えることができる。しかし、それだけでは、情感が伝わらない。だから、歌は仮名を用いて書き留めたのであった。漢文だけでは情が伝わらない。かといってすべて万葉仮名で書くと、読解に時間がかかってしようがない。タトエバ、ホンショヲスベテカナデカイタトシヨウ。ヒトツヒトツノゴヲニンテイシテ、ハンダンスルノニジカンガカカッテシマウデアロウ。

漢文と万葉仮名の和文をどう組み合わせるか、このことについて、『古事記』の筆録者である太安万侶は、前に引用したように、悪戦苦闘したのであった（八九頁）。安万侶は、先祖の物語を書き留め、後世に伝えるにあたり、漢文と万葉仮名の和文を組み合わせて、『古事記』の筆録をしたのであった。安万侶は、漢文によって『古事記』を綴ったが、歌は、一字一音の仮名で、それを綴ったのである。ちなみに、安万侶は、さらに必要と思われる所に注を施すことによって、その物語の真意を伝えようとしたのであった。

†漢文の才を磨く

多くの国文学者がすでに異口同音に述べているように、理を伝える漢文は、男性の官人

（役人）の文体となり、公の文章は、明治初期まで、漢文で書かれることになる。漢文は、政治すなわち「ご政道」を論ずる文体となり、対する仮名を中心に書かれた和文は、私的な気分を表す文体となってゆく。だから、明治憲法や教育勅語は漢文訓読体であり、恋を語る歌や恋文は、和文なのだ。漢文の担い手が男性であるのに対して、和文の担い手は女性であった。もちろん、男性も、私的な文章には仮名文を用いていたことはいうまでもない。

男たちは、ひたすら漢文の才を磨いた。阿倍仲麻呂（あべのなかまろ）は海を渡り、当時の世界帝国であった唐の国務大臣の地位を得るに至る。仲麻呂は、その文章力を評価され、盛唐時代の文壇の中心にいた人物なのである（上野誠『遣唐使　阿倍仲麻呂の夢』角川学芸出版、二〇一三年）。彼がその地位を得たのは、ひとえに漢文の才によるのである。ちなみに、当時の社会的地位でいえば、李白（りはく）（七〇一―七六二）、杜甫（とほ）（七一二―七七〇）は、仲麻呂の足元にも及ばない。

一方、女たちは、自らの思いを仮名で綴り、その心の襞を書き留めることに成功した。『枕草子』『源氏物語』を中心とする、いわゆる「女房文学」が、平安期に花ひらいた。女たちは後宮（こうきゅう）で、互いの和文の技を磨きあったのである。あれだけの長編を書き綴り、微妙かつ繊細な心の機微を、みごとに和文で表現したのは、仮名を使いこなした後宮の女たちであった。現在、後宮での生活を想像することは難しいけれど、江戸時代の大奥を想起すればよいかもしれない。

†誤読かズラシか？

山上憶良は、前述のように無位無官から、その漢文の才によって見出され、遣唐使となって唐に渡り、最下級ではあるが、貴族となって地方官を歴任した人物である。時の皇太子、首皇子（聖武天皇）の侍講（家庭教師）ともなっているところから察すれば、その漢文における作文能力は、同時代において高い評価を受けていたものとみられる。子どもを主題とした詩は、すでに中国詩の陶淵明の「責子」などがあり、憶良はそれらを手本として、子どもへの愛情を歌ったのである。

さて、研究者の間においては、じつはBの序文をどう考えるのか、それがどうC、Eの長短歌と関わるのかをめぐって、さまざまな議論がある。

序文の「金口」とは、釈迦にそなわった身体的特徴で、黄金のように輝く口をいう。釈迦の体は多くの仏典に金色と書かれているから、口も金色であり、金口といえば釈迦の口ということになる。つまり、以下の内容は、釈迦の口から出た金言であるということを示しているのである。「衆生を等しく思ふこと、羅睺羅のごとし」とは、釈迦が民衆をいとおしむ気持ちというものは、出家前に釈迦が儲けた実子ラゴラと同じであるということである。しかし、釈迦は妻子を捨てることによって仏法を切り拓いたのであるから、妻や子どもに対する愛情というものは、捨て去るべきであるとするのが、当時の仏教の考え方だった。仏法における愛とは、執着や迷い、淫溺の源なのであり、ことに実子に対する愛情が、そのなかでも一番大きいものとされていたのである。

この序文が踏まえているのは、『大般涅槃経』の南本序品・北本寿命品である。『大般涅槃経』に書かれているのは、死を迎えた釈迦の言葉である。釈迦は、涅槃に臨み、大音声でこういった。善人はもちろんのこと、悪人に至るまで、等しく慈悲の心で接するべきである。私は、すべての人びとを、実子ラゴラのごとくに愛したのだから、と。

つまり、この話の力点はどこにあるかというと、慈悲なるものは、公平・差別なきものでなければ、意味がないという点にある。『大般涅槃経』が説くところは、実子を捨てた釈迦が、衆生のすべてを無差別に実子のごとくに愛したという話なのである。

†意図的歪曲

ところが、憶良は、かの釈迦であっても、子どもを愛するという欲望から離れられなかった。まして、草のごとき、よるべなき民衆が子を愛するという欲望から離れることなどできようか。でき得るはずもないことだ。私とて、こんなに、子どものために迷っているのだ。瓜を食べると、子どものことが思われるし、栗を食べても……。いったいこの執着心はどこからやって来るのか――、と歌っているのである。

釈迦の教えは、自らの子を愛するがごとくに、衆生のすべてを愛せという教えのはず。なのに、憶良は、お釈迦様でも、離れることができなかった子どもへの愛を、凡夫たるわれらが離れることなどできようか、と捩じ曲げて伝えているのである。あきらかに、意図的歪曲だ。この点について、井村哲夫は、次のように述べている。

> 仏陀の永遠と法愛とを易しく説くために愛子の念を譬えとしたその言葉から、釈尊もまた愛子の念をお持ちだ、と言いくるめる憶良の序文の論法は、一種詭弁に属するものだ。「彼はバラを女人のように愛する」から、「彼は好色だ」という判断を導くこ

とが詭弁であるように。憶良は、もう一つの釈尊のことば「愛は子に過ること無し」からも、釈尊自身の愛子の念と深い嘆息を聞きつけようとする。しかしこの言葉の仏典の文脈の中での本来の意味は、「諸々の愛念の中で、愛子の念がもっとも強く衆生を結縛しているものだ。兄弟たちよ、貪りの愛を離れよ」と教えるものであるはずである。憶良がこれらの言葉の真意をまさか知らなかったわけではあるまい。それらを捩じ曲げて、「至極の大聖すらや、尚し愛子の心を有ちたまへり」と言いくるめることが詭弁であることは、重々知った上でのことであり、文章の〝あや〟として弄した詭弁なのだ。釈尊の言葉を、世間蒼生の側から引っ繰り返し、投げ返した逆説である。

（井村哲夫「山上憶良論――その文学の思想と方法」神野志隆光・坂本信幸編『セミナー 万葉の歌人と作品　第五巻　大伴旅人・山上憶良（二）』所収、和泉書院、二〇〇〇年）

私なりに、井村の発言を咀嚼すると、憶良は、確信犯であったということになる。当時、もっとも権威ある仏典の言葉、それも釈迦の言葉を引用しつつ、反対に、自らの子への愛を、憶良は包み隠さず述べたのであった。なんたる歪曲。信仰を重視する立場からは、許されるものではなかろう。

子への愛は、仏典でいえば、捨て去るべきものだが、誰がそんなことができようか。お釈迦さんだって、できなかったんだから、と憶良はいうのである。では、この意図的誤読によって、何がなされたのであろうか。憶良は、信仰中心主義から、人間中心主義への転換を図ったのである。仏法に従って生きるのが人の道であるとする生き方から、自らの思いに従って生きる生き方へと考え方が反転するのである。法にのみ従って生きるのが人間ではない。法を作ったのも、人間なのだから。とすれば、人間こそが、中心のはずだ。迷いのなかにある己こそ、ほんとうの己なのである——。

欲望と迷いの渦中にあってこそ、人間なのだというのが、憶良の主張なのである。その証拠として、釈迦であっても、子への執着心については、逃れ得るものではなかったことを掲げるのである。つまり、憶良は、奈良時代の親鸞なのだ。

したがって、反歌は、金銀財宝にもまして人の心を悩ませるものは、子どもへの愛情なのだ、と読む必要があるのである。ならば、憶良の歌の本意は、どこにあるのだろうか。私も、子どもが一番だ。お釈迦さんもそうだった。皆も、そうじゃありませんか、という問いかけにあるのである。世俗を肯定し、世俗の中で生きるという憶良の人間宣言といえるかもしれない。ただ、このような人間中心主義は、世俗化と堕落の温床ともなることは、いうまでもない。いや、堕落と裏表か。少なくとも、仏教者としては、失格だ。

†日本型知識人の原型、憶良

外国語の修得が容易ではなく、まして外国に行くことができる人間が限られていた時代においては、外来文化に直に接することのできる人間は限られていた。儒教も仏教も、また律令の法体系も漢文を通じて学ばれた時代のことを想起すべきだろう。書物が先生なのだ。だから、明治期までの留学生の主たる仕事は、現地での集書だったのである。

明治初期においては、オランダ語で土木技術を学び、ドイツ語で医学を学び、フランス語で民法を学び、いつしかすべてを英語で学ぶ時代となった。つまり、日本型知識人とは、言語と文化の翻訳者のことなのである。別の言い方をすれば、他国の文化と日本を結びつける人ということになる。

それは、すでに言い尽くされているように、文明国の辺境の島国において生まれた「知性」なのであった。外来の知識を受信して、外国語を解さない人びとに発信することが、長く知識人に課せられた役割だったのである。そこに、「地位」と「名誉」と「富」の源泉もあったのである。もちろん、時として、その安易な姿勢と浅薄な知識が批判されることもあった。だから尊敬の対象であるとともに、「受け売り学者」「あちゃらかぶれ」等々の侮蔑の辞も、用意されていた。

では、日本的な知性とは、どのようにして生まれるのであろうか。私は、「組み合わせ」と「ずらし」によって生まれるのではないか、と考える。憶良は、中国の「思子詩」すなわち子どもを思う文学を知り、自らの子どもに対する愛を日本語の歌で表現しようとした。それに、漢文の序を付けたのである。理の文体である漢文と、情の文体である和文とを融合することによって生まれるものこそ、憶良独自、日本独自の知性ということになる。

学界において、その当否の議論はあるものの、憶良は国司として、この歌を作って、民衆の教化にあたったたという説がある。家族の融和（わかりやすくいえば孝悌の徳）は、儒教を基礎とした律令法の精神そのものであり、これを歌に託したとする説である。国司の任国内の巡行は、律令法の精神を広めることにあったから、憶良は、こういう歌を示して、民衆教化を行った可能性も高いのである。

おそらく、漢文の序文は、口頭の場合、話し言葉で説明されたのであろう。理は漢文で示し、情は万葉仮名の歌で示す。ゼロから作るのではなく、既存のものを組み合わせるのが日本型の知性である。

『万葉集』が、日本精神の書であるなどというのは、いわれなき俗説、妄言である。もし、『万葉集』に、日本的な部分があるとすれば、私は、その組み合わせの味わいにあると考える。

†「ずらし」の工夫

日本型知性の特性のもう一つは、「ずらし」の工夫である。それは、原語の意味や原書の内容を意図的に「ずらす」ことで、独自のものを作ろうとする営為である。

憶良は釈迦の言葉も、歪曲して使ったのであった。もし、インド仏教や、中国仏教に対して、日本仏教というものがあるとするならば、それは仏教経典の正しい解釈や正しい理解の継承から、はじまるものではない。逆に、誤解や歪曲からはじまるものである。むしろ、誤解や歪曲にこそ、独自性があると考えてよい。鎌倉仏教の祖師たちは、誤解や歪曲の天才だと私は思っている。

今日、抽象的な概念を伝える日本語の多くは、サンスクリット語やパーリー語に起源を持つ仏教の言葉が漢語化したものを、ずらして使っている。もとより、抽象的な概念を示す言葉の多くは、ほとんど漢語なのだ。もし、不審ということなら、「金輪際」や「空」という語について、仏教語事典を引いてみるがよい。ただし、その意味は、大きく変化している。

昨今、カタカナ英語の氾濫を嘆く論調が多いが、私にいわせれば、それこそ日本語のあるべき姿なのである。つまり、新知識のほとんどを輸入に頼る日本の場合、外来語を次々に受け入れる訓練を、数千年単位で、われわれはしてきたのである。一方、不要になった外来語は次々に捨ててゆくのである。その外来語の一部が日本語化してゆくのであった。

†「sabotage」から「さぼる」へ

日本語の動詞「さぼる」が、フランス語の sabotage に由来することを知って使う者は少ない。語幹「サボ」に動詞語尾「る」をつけて日本語化した語が「さぼる」である。このほか、助詞と助動詞、「する」や「なる」を付けることによって、外来語を日本語化する工夫をわれわれはしてきたのである。

私なりにいわせてもらえば、むしろコンピュータのハード・ウェアが日本語で、そこに外来語を次々に取り込み、アップデートしていったのである。かくなる点にこそ、日本語と日本文化の特性があるのではないか、と思う。つまり、外来語の方が、むしろソフト・ウェアなのである。

ただし、こういった言語のあり方は、強力な文明国の周縁部では常に起こり得ることなので、中国の周縁にある朝鮮半島諸国やヴェトナム地域、西域諸国も同じであった。朝鮮半島では、吏読（りとう）と呼ばれる方法で漢文を読むことが古くから行われ、その実験を経て、助詞・助動詞を補って漢文を読む日本の訓読が発達したのであった。Bを訓読して、書き下し文で示したのが、B1である。さらに、それを現代語訳したものをB2として冒頭に示しておいた。

†和魂漢才のすすめ

以上のように、日本型の知識人は、いいかえれば、他文化と日本文化を結ぶ人たちなのであった。一方で、彼らが常に警戒したのは、安易な受け売りであった。つまり、受け入れる側の主体性を忘れることを、常に警戒していたのである。その警句こそ、「和魂漢才」といえよう。一般的には、大和魂を忘れずに、中国の先進文化や技術を受け入れることと考えられているが、そもそも「和魂」が認識されるのは「漢才」によるのであるから、むしろ、この言葉は、日本的な知性のありようを示す言葉と考えた方が、より実態に近いだろう。

『源氏物語』「少女」の巻には、この「和魂漢才」を意識して書かれた部分がある。そこでは、「漢才」を単なる技術として軽んじるのではなく、主体性を失わずに、「和魂」と「漢才」を調和させることこそ、あるべき姿であるとの考え方が明確に示されている。

光源氏と、正妻・葵の上との間に生まれた子が、夕霧である。「少女」の巻では、その夕霧の若君の教育方針について、光源氏が祖母の大宮に説明するところがある。十二歳の若君の教育について、光源氏は次のように語る。自分の力を持ってすれば、四位の位につけることもできるが、学問もせず、若い時から高位につくとろくなことがない。だから、大学寮に入れて、切磋琢磨で学問をさせ、二、三年は回り道をさせて、朝廷の役に立つ人材に育て上げたい、と。

†『論語』の教え

名門の子弟は、官位にも恵まれ、ちやほやされるので、苦労して学問などすることがなく、遊び呆けてしまう。それでも、思い通りの官位につくことができてしまうものなのだ。そうなれば、権力におもねる世の有象無象たちは、いやがおうにも、なびいてくるに決まっている。ところが、後ろ盾となっている有力者が死んでしまえば、逆に軽蔑の対象となるばかりなのだ。私は、そういう事例を、よく知っている。だからこそ、今は六位に甘んじ、大学寮でしっかりと学んでほしいと思う、と述べる箇所がある。そのなかに、

なほ、才をもととしてこそ、大和魂の世に用ゐらるる方も強うはべらめ。

（少女、阿部秋生ほか校注・訳『源氏物語③〔新編日本古典文学全集〕』一九九六年、小学館）

の一文があるのである。前後の文脈から考えると、大学寮に入り、しっかりと中国の学問を修めてこそ、大和魂を世のために活かすことができるようになる、と読まねばならぬところである。そうしないと、大和魂を発揮できるようにはならないのです、と光源氏は言っているのである。

なおも食い下がって、若君を厚遇せよと迫る大宮に対しては、若君は、今の自分の位に不満があるかもしれないが、学問を積めば、逆に不満も解消されると述べている。ここは、

『論語』の、

子曰く、学びて時に之を習ふ、亦説ばしからずや。朋、遠方より来る有り、亦楽しからずや。人知らずして慍みず、亦君子ならずや。
（学而篇第一、吉田賢抗『論語〔新釈漢文大系〕』明治書院、一九九一年、初版一九六〇年）

孔子さまは、こうおっしゃったんだ。学んだことを自ら考えてゆく。なんと楽しいことではないか。遠方よりやって来る友がいて、学問の話をする。また、なんと楽しいことではないか。人が、自分の才能を知らなくても人を恨んだりしない。それが、君子というものだ。（拙訳）

を踏まえていると考えられる。一般的には、「才」は実学を指すと解説されているが、この部分の「才」は、実学ではない。大学寮の学問を示すとみなくてはなるまい。つまり、官人が身につけるべき『論語』などの儒教経典の教養を指しているとみられる。ならば、大和魂とは何かといえば、儒教によって相対化される自己の魂ということになる。儒教を理の学問とすれば、自己の情のようなものだろう。

つまり、理の学問である漢学を学んでこそ、己の思い、すなわち情を世に示すことも可能になるということである。漢才なくしては、大和魂を活かすことはできないというのである。

†日本文化を自覚した歌びと

話を山上憶良に戻そう。和文の歌には、漢文の序が付いており、その序文と合わせて読むことによって、われわれは憶良の思考に触れることができる。そこにあるのは、意図的になされた誤解と歪曲の上に展開された、憶良独自の主張であった。

では、その中心をなすものは何であったかといえば、一字一音で綴られた子どもへの思いを伝える歌なのであった。憶良こそ、日本文学史上はじめて、子どもへの愛を綴った歌びとなのである。けれども、それは中国詩の子どもの文学を手本として、はじめて可能になったのである。

彼は、漢文で書かれた序を通じ、己の子への思いを自由に語る免罪符を得たのであった。

そして、己の歌を通して、家族愛の大切さを国司として民衆に説いたのである。漢才があればこそ、大和魂は活かされるのだよ、という『源氏物語』の主張と、憶良の営為を、私は今、重ね合わせて見ている。

†近代の日本型知識人

憶良が自由に思いを述べることができたのは、ひとえに漢文の序のお蔭なのである。この憶良こそ、日本型知識人の原型なのである。憶良の後輩たちは、近代にもいる。

医学を学びにドイツに行きながら、ふとした出逢いから純愛を発見した軍医（森鷗外〔一八六二―一九二二〕）。

英文学を学びに英国に留学するも、引き籠りになってしまった教師。その体験を通じ、彼は己の内側を見つめようとした（夏目漱石〔一八六七―一九一六〕）。

遊里の粋に、日本美を再発見した西洋哲学者（九鬼周造〔一八八八―一九四一〕）。

西洋哲学を学ぶも、休日は観仏三昧の倫理学者。彼の文章は、奈良のすぐれた観仏案内記として、読みつがれている（和辻哲郎〔一八八九―一九六〇〕）。

近代における新しい日本語の文体、文学、知性は、そういう人びとによって生み出されたのである。それこそが、日本的知性であり、日本型知識人の正体なのである。彼らは、独自の論理で「組み合わせ」と「ずらし」を行って、新しい知のかたちを作り、情感溢れる文章を綴っていったのである。

†漢字を飼いならす知性

本章で、私は、八世紀の前半を生きた山上憶良という知識人の歌のありようを観察して、そこから、日本語のおかれた状況と、その状況で選ばれた表記法について考えてみた。これは、広くいえば、国語学者・犬飼隆と、その師・河野六郎が説いた漢字を飼いならす営為の一端といえるかもしれない(犬飼隆『漢字を飼い慣らす――日本語の文字の成立史』人文書館、二〇〇八年)。ここでいう「飼いならし」とは、自分たちが、うまく使いこなせるように変化させるという意味である。

ただし、それは、日本語使用者、日本人だけで成し遂げたものではなかった。朝鮮半島における吏読の実験を参考に進められた日本における漢文訓読の賜物である。その苦悩と工夫から、はじめて日本的なるものが生まれてきたのではないか（金文京『漢文と東アジア——訓読の文化圏』岩波新書、二〇一〇年）。漢字と漢文がなくては、先祖の物語を後世に伝えることもできなかったのだから。

†島国の言葉、日本語

強力な文明国の周縁に存在した島国の言葉、日本語。日本の知識人たちの強引な「組み合わせ」と「ずらし」によって、われわれはその思考を広げていったのである。もちろん、これは東アジア固有の現象ではない。欧州においても、異言語との接触と交渉によって、新しい言語文化が生まれてきたのであった。文明といえばその普遍性が、文化といえばその個別性が強調されるのだが、人類は、それぞれの時代、常に多言語・多文化の環境のなかで暮してきた。そこから、新しい知のかたちが生まれてきたのである。

だから、私は、日本語と日本文化の将来について、何らの心配もしていない。それは、異言語・異文化との接触と交渉によってこそ、新しい知性が生まれると信じているからである。山上憶良のような——。

第七章　日本型知識人と神々

†遣唐使たち

書物を通じて、中国の言語と文字、さらに広がって文化に触れて、己の思想を鍛える。時に、その教えを捩じ曲げて、自らの主張をなす。そういう日本型知識人の源流を、山上憶良など『万葉集』に見出すことができるということを、前章では説いた。

彼らは、中国の言語、文字、文化に触れることで、自己の言語、文字、文化を認識した人びとだといえよう。ソトなるものを見て、ウチなるものを認識した人びとである。本章では、引き続き、山上憶良の歌を通じて、日本型知識人の思考方法を学びたいと思う。

唐へ渡った経験があり、その学殖に高い評価のあった憶良のもとに、遣唐大使に任命された丹治比真人広成が訪ねて来た。時に、天平五年（七三三）三月一日のことである。広成が遣唐大使を拝命したのは、前年の八月であるから、渡唐を前にした慌ただしい時に、病床にあった憶良をわざわざ訪ねたことになる。

来訪の目的については、明らかにし得ないが、二つの理由を推測することができる。一つは、唐へ渡るにあたり遣唐使の長老たる憶良に対して敬意を表すため。もう一つは、やはり、渡唐経験者から直接的に聞いておきたい事柄があったのだろう。丹治比家と、山上憶良は関係も深かったようであるから、どうしても広成は憶良に会って話をしたかったのだと考えられる。すでに、憶良は病身であったにもかかわらずである。

†「好去好来」の歌

憶良も大感激し、自宅で対面したことを「良の宅にして対面し」と自ら記したようである。「良の宅」とは、憶良の家という意味で、憶良が自ら記さなければ、このような簡略的な書き方にはならないはずである。大感激した憶良は、三月三日に広成に書簡を送った。その書簡に記されていたのが、いわゆる「好去好来」の歌である。憶良は、荘厳な長歌を送って、渡唐する広成を激励したのであった。まず、訳文から示しておこう。

好去好来の歌一首〔反歌二首〕

神代から言い伝えてきた　（そらみつ）　大和の国は
すめ神々たちも神々しき国　言霊の加護ある国と
語り継ぎ　言い継いできた——
今の世の人ことごとくに　まのあたりに　目にも見て知っている
人たるものは世に満ち満ちてはいるけれども
（高光る）日の朝廷の　神のごとき深慮のままにご寵愛を受けて
天下の政にたずさわった　名家の子としてお選びになられた（あなたは）
大命の　降下を受けて
唐の国の遠き地に　遣わされて旅立たれると……
——海原の辺にも沖にも
鎮まってその道を支配したもう　もろもろの大御神たちが
船の舳先に立って　導き申し上げ
天地の大御神たち　大和の大国魂の神が

（ひさかたの）大空高くから　天翔けて見守りになる——
官命をお果しになって帰ろうとするその日には
またさらに大御神たちが　船の舳先にかの神の手を掛けて
大工の使う墨縄を打ち引いたかのごとくに
（あぢかをし）値嘉の崎より　大伴の御津の浜に
一直線に御船は進んで到着するであろう
つつがなくご無事に旅立たれて
いち早く帰って来ませ（大使様——）

反歌

大伴の　御津の松原を　掃いて清めて……　我は立って待っていましょう　早く帰りませ

難波津に　御船が到着したと　聞いたなら……　紐解いて　走ってまいります（お帰りになる日まで結んで解くことのなかった紐は、その日は解いて大宴会をばいたしましょう）

天平五年三月一日に、良の宅において逢い、歌を奉ったのは三日の日である。

山上憶良
謹んで献上します　大唐大使卿〔秘書室御中〕

（拙訳）

次に書き下し文を挙げておこう。

好去好来の歌一首〔反歌二首〕

神代より　言ひ伝(つ)て来(く)らく
そらみつ　大和の国は
皇神(すめかみ)の　厳(いつく)しき国
言霊(ことだま)の　幸(さき)はふ国と
語り継ぎ　言ひ継がひけり
今の世の　人もことごと
目(ま)の前に　見たり知りたり
人さはに　満ちてはあれども

高光る　日の大朝廷(おほみかど)
神(かむ)ながら　愛(め)での盛りに
天(あめ)の下　奏(まを)したまひし
家の子と　選(えら)ひたまひて
勅旨(おほみこと)〈反して、大命(おほみこと)と云ふ〉　戴(いただ)き持ちて
　唐(もろこし)の　遠き境に
遣(つか)はされ　罷(まか)りいませ
海原(うなはら)の　辺(へ)にも沖にも
神留(かむづ)まり　うしはきいます
　諸(もろもろ)の　大御神たち
船舳(ふなのへ)に〈反して、ふなのへにと云ふ〉　導きまをし
天地(あめつち)の　大御神たち
大和の　大国御魂(おほくにみたま)
ひさかたの　天(あま)のみ空ゆ
天翔(あまかけ)り　見渡したまひ

事終はり　帰らむ日には
また更に　大御神たち
船舳に　御手うち掛けて
墨縄を　延へたるごとく
あぢかをし　値嘉の岫より
大伴の　三津の浜辺に
直泊てに　御船は泊てむ
つつみなく　幸くいまして
はや帰りませ

反歌

大伴の　三津の松原　掻き掃きて　我立ち待たむ　はや帰りませ

難波津に　御船泊てぬと　聞こえ来ば　紐解き放けて　立ち走りせむ

天平五年三月一日に、良の宅にして対面し、献るは三日なり。　山上憶良

謹上　大唐大使卿〔記室〕（巻五の八九四―八九六）

まず、憶良が語ったのは、「神代」から続くこの国は、皇神と言霊が守りたまう国であるということだった。憶良が重要視するのは、「神代」から現在までそのように語り継いで来たことと、今も皇神と言霊の加護ある国なのだということだ。「神代」は、一つの歴史を認識する言葉で、国のはじまり、すなわち〈始原〉となる「時」を示す言葉である。その「神代」から続くのが「いにしへ」なのである。

†「神代」と「いにしへ」と「うつせみ」と

「いにしへ」といえば、昔のことなのであるが、これは「現世」と対比される言葉である。「現世」は、奈良時代において「うつせみ」と呼ばれるので、「神代」↓「いにしへ」↓「うつせみ」という時代区分があったことになる。例えば、次のような歌がある。有名な三山歌だ。

中大兄（近江宮に天の下治めたまひし天皇）の三山の歌一首

香具山は　畝傍ををしと
耳梨と　相争ひき
神代より　かくにあるらし
古も　然にあれこそ
うつせみも　妻を　争ふらしき
〈反歌、左注省略〉

（巻一の一三）

訳すと、

香具山は畝傍山を横取りされるのが惜しいと
耳梨山と争った……
——神代からこうなので
——いにしえもそうだった

――今の世も妻を争うらしい
――（まして、自分も）

（拙訳）

となろうか。歴史の始発を神話と連続させる万葉びとの歴史観や歴史認識のあらわれといえよう。やはり、同じように「神代」「いにしへ」「うつせみ」なのだ。長歌の冒頭において、憶良はその歴史認識を示したことになる。いわば「いにしへ」から今にいたるまで、丹治比家から天皇の寵愛を受けた人間を多く輩出し、国政に携わってきたことが述べられているのである。

†神々の尊い御手

遣唐使の最大の難関は、海を渡ることである。その渡海に際しては、神々が寄って来て、船の舳に立って導いてくれると述べている。またさらに、帰りには、船の舳に神々が尊い御手を打ちかけて導いてくれると述べているのである。神々が舳に手をかけて同行してくれるというのなら、道中、安心この上ない。

もちろん、唐に着いてからの陸路も苦難の旅路であった。憶良は、その苦しさを経験者として知っているのである。陸路の苦悩にも想いを馳せた憶良は、「天地の大御神たち」すなわち天つ神、国つ神、大和の大国魂が空から見守ってくれると歌ったのであった。天つ神と国つ神は、皇祖神と土地神であり、ここではその二つの加護があると述べているのであろう。

ところが、大和の大国魂が、国つ神とは別に特記されているのである。このことは、きわめて重要なことだと考えられる。

†「ヤマト」の発祥の地

「大和の大国魂」は、現在の天理市新泉町の大和神社(おおやまとじんじゃ)のことである。もちろん、社地の変遷はあるものの、『延喜式』「神名帳」に「山辺郡大和坐大国魂神社三座」とある神社と考えてよい。『日本書紀』神代上、第八段の一書には、

一書(あるふみ)にはこう書いてあります。大国主神のまたの名は大物主神と申し上げましたし、またの名は国作大己貴命(くにつくりのおおあなむちのみこと)と申し上げました。さらにまたの名を葦原醜男(あしはらのしこお)と申し上げました。

さらには、またの名を八千戈神と申し上げ、またの名を大国玉神とも申し上げ、さらにまたの名を顕国玉神とも申し上げていました。そのお子さまがたをすべて数えると一八一にも及びます。大己貴命、少彦名命とは、力を合わせ心を一にして、天下を作り、また顕見蒼生すなわち人間と獣たちのために、その病を治す方法を定め、又鳥獣・昆虫の害を払うための、「まじない」の法をも定められました。だから、多くの人びとは、今に至るまで皆、この神さまのお恵みをいただいているということになるのです。

（巻第一、神代上〔第八段〕一書第六条、小島憲之ほか校注・訳『日本書紀①〈新編日本古典文学全集〉』小学館、一九九四年を参考とした拙訳）

とある。同じく『日本書紀』崇神天皇六年条には、先に天照大神と倭大国魂の二神を天皇の大殿の中に祀っていたのだが、互いの神威を恐れて二神がはばかりあったので、天照大神を豊鍬入姫命に託けて倭の笠縫邑に祀り、日本大国魂神を渟名城入姫命に託けて祀らせたという伝承が収載されている。

大国魂の神こそ、ヤマトの国つ神の代表なのである。おもしろいのは、国つ神は国を離れられないので、皇祖神たる天つ神の方が、「ヤマト」から退去し、流浪の末に伊勢に鎮座したことになっている点である。

では、なぜ憶良は、天つ神と国つ神に言及した後に、わざわざ大国魂の加護をこの長歌に記したのだろうか。そもそも大国魂も、国つ神の一つであるにもかかわらず。

それは、憶良が「ヤマト」の「ソト」に向かうにあたり、「ヤマト」の発祥の地すなわち「ウチ」の起源を意識したからだ、と私は考える。もともと、大国魂は、狭義の「ヤマト」の国つ神であった。「ヤマト」は、奈良県天理市のごく一部を示す小地名であったものが、今日の奈良県にほぼ相当する「ヤマト」を示すようになり、ヤマト王権の発展にともなって、今日の日本全体を示す国号となった地名である。だから、憶良は「ヤマト」の「クニ」のはじまりを強く意識したのであろう。

†神々を選ぶということ

遣唐使壮行歌において、神々が歌われた例はほかにもある。藤原太后すなわち光明皇后といえば、夫・聖武天皇と並ぶ天平仏教最大の庇護者であった。その光明皇后も、

―　春日に神を祭る日に、藤原太后（ふぢはらのたいごう）の作らす歌一首

即ち入唐大使藤原朝臣清河（ふぢはらのあそみきよかは）に賜ふ〔参議従四位下遣唐使〕

大船に　ま梶しじ貫き　この我子（あご）を　唐国（からくに）へ遣（や）る　斎（いは）へ神たち

（巻十九の四二四〇）

と歌っている。訳すと、「大船に　立派な梶をすきまなく取りつけて　このわが子を唐の国に遣わすのだ　しっかりとお守りせよ　神々たちよ」となろうか。

甥の藤原清河の遣唐大使任命にあたり、神々に対して語りかけるかたちで、こう歌っているのである。「斎（いは）へ神たち」とは、神々を脅し、叱るような表現である。それほどまでに、甥への思いは深いのである。

†交友関係にある神仏

このように見てゆくと、神仏が対立関係にないことがわかる。神仏は、時々に使い分けられているのである。光明皇后は、仏教者としてさまざまな福祉政策を行なった皇后である。また、夫、聖武天皇は、仏教による国造り、都造りを目指しており、その二人の仏の都のシンボルが、東大寺大仏造営であった。後の時代、このような仏教のあり方を鎮護国家の仏教という。

しかし、こと遣唐使となると、日本の神々なのである。かえりみて、憶良は、儒教の人であり、仏教の人であり、そして老荘思想の人であった。にもかかわらず、こと遣唐使に関わっては、この国の成り立ちを神代から語り出し、天つ神、国つ神、そして特別に大国魂の神の加護を、ヤマトウタにして歌いあげた。

それは、なぜか。それはウチ(日本)に対するソト(外国)を意識したからだと考える。鎮護国家の仏教の時代、すなわち国造りが仏教を中心に行われた時代にあっても、ソト(外国)が意識された時は、日本の神々が意識されたのであろう。ソト(外国)が意識されなければ、ウチ(日本)が意識されることはない。日本の神々が強く意識される時代とは、言い方を変えれば、ソト(外国)が意識される時代といえるだろう。

「ヒト」が意識されなくては、「カミ」「ホトケ」は意識されない。その「カミ」「ホトケ」も、ソト(外国)が意識される時においては「カミ」の方が意識されたのである。憶良も、この思考回路で判断したのである。

†多神教の論理

かつて、私は多神教構造について、多くの神がいるのではなく、止めどなく神が生まれつづける構造だと説いたことがある（『日本人にとって聖なるものとは何か――神と自然の古代学』中公新書、二〇一五年）。一方で、多く存在する神を、人が使い分けるとも説いた。結婚式にはキリスト教、初詣は神社、葬式は仏教というのは、神を使い分けているあらわれだと考えたのである。だとしたら、憶良は、遣唐使激励歌においては、神々を選んだといえるのではなかろうか――。

人が、神仏を意識する第一歩は、「ウチ」と「ソト」を認識するところからはじまる。この第一歩がなくては、人は神を認識することができない。自己の内なるものをどう認識するかによって、「ソト」なる神仏をどのように認識するかも変わってくるはずである。

憶良は、こと遣唐使壮行歌においては、神々を選んだのである。

第八章

消えゆく物語をどう残すか

†消えゆく物語を未来に残す

中華文明圏のいちばん東にあって、朝鮮語とも中国語とも違う言葉、日本語を使って生活していた人びと。彼らは、貪欲に、中国の文字、文学、そして文化を学ぶ人びとであった。彼らは、漢字、儒教、律令、仏教を学ぶ人びとであったが、こと中国に赴くにあたっては、日本の神々を強く意識した。仏教の世界は東アジアに広がる知に繋がると認識し、日本の神々に祈れば、自分たちの祖先への敬意に繋がると信じていたからである。前の章で、ソト（外国）が意識された時に、ウチ（日本）も意識されるのだと、私は強調した。彼らが生きた時代は、日本は東アジアの弱小国であり、今よりも国際環境は厳しかった。

本章では、そういった環境のなかで生きた、いや生き抜いた日本型知識人が、どのようにして自分たちの物語を書き残そうとしたのか、考えてみたい。物語も、やはり漢字と出逢わなければ、消え去ってゆくものだからである。だから、物語は、

▼語れば、その瞬間から物語は消えてゆく
▽記せば、その瞬間から物語は古くなってゆく

という性質を持っている。そして、物語には、もう一つ重要な性格がある。それは、物語を口から耳、耳から口へ、さらに口から耳へと語り継いでゆくと、さまざまに変化してゆくということである。

†「同伝」「異伝」「別伝」

そのことを、私たちは「噂」の語りで知っている。巷(ちまた)の「噂」をみてみると、どれも似ているが、どこか違う。また、時として、まったく異なっていることもある。噂話には、

○互いによく似た話となっている噂話（同伝）
△互いによく似ているが異なるところもある噂話（異伝）
×互いにまったく似ていない話となっている噂話（別伝）

がある。ここに、ひとりの男がいたとしよう。この男は、自分の知っている話だけがほんとうで、ほかの話は嘘だと主張したとする。そこで、その男の語っている話だけを文字化すると、その話しか残らないことになる。しかし、複数の噂を書き残せば、それは比較され、「同伝」(○)、「異伝」(△)、「別伝」(×)となる。私は、噂を喩え話としたが、噂話も一つの物語である。口から耳へ、耳から口へと語り継がれる物語は、常に変化するものであるから、「同伝」「異伝」「別伝」が生じてゆくものなのである。

†「語り」の文化の特性

が、しかし。もちろん、現実は、それほどに単純ではない。口から耳へ語り伝えられた物語が書き留められ、さらに書物になった物語を人が語るということもあるからだ。私は、桃太郎の話を子どものころ絵本で読んだが、今、語ろうと思えば、語ることができ、文字化することもできる。文字から語りへ、語りを文字へという、いろいろなかたちがあるといえよう。

語りというものは、Aという人が語ればaの語りとなり、Bという人が語ればbという語りとなるから、無限に「異伝」（△）が生まれてゆくことになる。ところが、誰もが知っている話の場合、変化が起きにくくなるということもあるから不思議なものだ。

だから、語りというものは、二つのあい矛盾する側面を持っている。一つは、無限に変化してゆくという側面。もう一つは、一定の型をもって語り継がれてゆくという側面である。個々の昔話、噂や怪談話、伝説の伝えるところは、それぞれ個別のものなのに、どこか似ているのは、そのためなのである。

†『竹取物語』の世界

平安時代の初期に成立した『竹取物語』（九世紀後半―十世紀前半）。『源氏物語』絵合巻（えあわせ）には、「物語の出来はじめの祖（おや）」とあるから、少なくとも平安時代中期の人びとは、『竹取物語』から日本の物語ははじまったと信じていたようである。さらに詳しくいうと、書物となっている「物語」のなかで、いちばん古い「物語」であると思われていたのである。

竹取翁が竹の中から見つけた、かの「なよ竹のかぐや姫」は、みるみるうちに成長し、たぐいまれなる美人となった。我こそはと思う、当代の貴公子たちは、次々に求婚をするのだが、うまくゆかない。かぐや姫は、結婚を求める貴公子たちに対して、次々に無理難題を持ちかけるのである。竜の首にある五色玉や、燕の子安貝を取って来たら求婚に応じてもよい、などなど。しかし、それらはことごとくに失敗してしまう。かぐや姫の要求に答えられる者は、ひとりもいなかったのである。ここで描かれているのは、人の心のあさましさだ。はては、時の帝まで、求婚するのであるが、帝までも拒まれてしまう。そして、すべての求婚者の申し出を拒否したかぐや姫は、やがて月の世界へと帰ってゆく、という話である（チナミニ、ココハ上野ノ語リヲ文字化シタモノトイエル。一応、短イ語リ風ニ書イテミタ）。

じつは、『万葉集』の巻十六にも、竹取翁の物語がある。この話は、『竹取物語』の源流の一つには違いないのだが、あまりにも、その内容がかけ離れている。果たして「異伝」（△）か、それとも「別伝」（×）か。研究者の間でも、意見が分かれているところである。もちろん、私にも意見があるから、本章の最後には、その意見を述べたいと考えている。

†『万葉集』の竹取翁

万葉の竹取翁の歌は、漢文の序で物語を伝え、竹取翁自身の歌（長歌と反歌二首）で竹取翁の気持ちを伝え、九人の乙女たちの歌で竹取翁の歌を聞いた乙女たちの心情を伝えている。つまり、

理を伝える漢文で物語のあらすじを伝える――序文
情を伝える和文で登場人物の心を伝える――竹取翁の歌と九人の乙女の歌

というかたちで竹取物語を語ろうとしている（一一三頁参照）。多くの読者は、平安時代の『竹取物語』との違いに、驚くに違いない。

まず、序文から見てみよう。先に、拙訳から示しておく。

昔々、とある老翁がおりました。この翁のことを、通称して「竹取の翁」といっておりました。この老翁が、春も季（すえ）の三月、丘に登ってはるかに見下ろしますと、たまたま羹（あつもの）を

煮ている九人の乙女たちを見つけたのでございます。そのなまめかしさは限りなく、並ぶものとてないほど。花のような美しい顔は他に比べるものとてないほど。そんな折も折、その乙女たちは老翁を呼びました。そうして、さげすみに笑いを浮かべて、「おじさん、こちらへいらっしゃいな。この火を吹いておこしてくださいよ」と言うではありませんか。そこで、老翁は、「おうおう」と二つ返事で、のこのこ出かけて行き、乙女たちと同席したのでした。しばらく楽しい時間が経つと、乙女たちは微笑みながら、何と互いを責めてこんなことを言うではありませんか。「誰なのかしら、こんな（みすぼらしい）おじいさんを呼んだ人はぁ」と。その言葉を聞いた竹取の翁は恥ずかしくなってしまいました。そして、こう言いました。「思いも寄らず、まったくもって偶然にも、仙女さまたちにお目にかかることになりました。とまどうわが心はどうにもままならぬものでございますが、仙女さまたちに近づいて、馴れ馴れしくしてしまった罪は、どういたしましょう。できることなら歌で償わせていただきたいのでございます」と言ったのでした。そこで作った歌が、この一首と短歌でした。

（拙訳）

これを書き下し文で示すと、

昔老翁あり、号を竹取の翁といふ。この翁季春の月に、丘に登り遠く望す。忽ちに羹を煮る九箇の女子に値ひぬ。百の嬌は儔なく、花の容は匹なし。ここに娘子等、老翁を呼び嗤ひて曰く、「叔父来れ、この燭火を吹け」といふ。ここに翁唯唯といひて、漸くに趨き徐に行き、座の上に着接きぬ。良久にして、娘子等皆共に笑みを含み、相誰譲めて曰く、「阿誰かこの翁を呼びつる」といふ。すなはち竹取の翁謝まりて曰く、「非慮る外に、偶に神仙に逢ひぬ。迷惑ふ心、敢へて禁むる所なし。近づき狎れぬる罪は、希はくは贖ふに歌を以てせむ」といふ。即ち作る歌一首〔幷せて短歌〕

となる。まず言えることは、万葉の竹取翁は、竹を取らない。だから、竹の中から、かぐや姫も登場しない。

†歌の力を示す物語

たまたま、春三月に丘に登った翁が、羹すなわちスープを煮ている姫たちを発見して、彼女たちから呼ばれた話となっているのである。しかも、その姫すなわち乙女は、なんと九人もいたというのである。乙女たちは、もともとこの翁を侮(あなど)っていた。老醜をさらす、みすぼらしい翁という話になっているのである。だから、まるで下男のように、「この火を吹いておこして下さい」などと言うのである。そして、乙女たちは、翁と楽しく遊んだ後になって、「誰なのかしら、こんなみすぼらしいおじいさんを呼んだ人はぁ」と言うではないか。この言葉には、年上の竹取翁に対して敬意のかけらもない。辱められた翁は、あなたがた九人の乙女たちは天からやって来られた仙女さまであり、みすぼらしい私めは無作法にも、馴れ馴れしくしすぎました。その罪をお赦し下さいと言うのである。かの罪を赦してもらうために、歌を歌いたいと言うのである。万葉の竹取翁は、九人の乙女に弄ばれる存在なのである。

ここまでの話は、いわば仙女との邂逅(かいこう)の物語となっている。もう一つの話は、竹取翁が、仙女と馴れ馴れしくした罪を歌で償うというのであるから、歌には力のようなものがあって、その歌の力は、仙女の心までも動かすことができるのだという話となっている。つまり、これは歌の力を示す物語なのである。

†竹取翁の語る赤ん坊のころ

竹取翁は、可愛い盛りの赤ん坊のころから語り出す。まず、拙訳を掲げよう。

みどり子の　赤ん坊の髪型のころにはね　たらちしではないけれど　お母さんに抱かれて
ね　紐付きべべを着たもんさ　幼髪のころは　木綿(ゆう)の肩衣(かたぎぬ)をね　一裏(ひとうら)に縫って着たもんさ
ぁなぁ　詰襟の　少年髪のころはね　絞り染めの　袖付け衣を　着ていたもんさなぁ

（拙訳）

簡単にいえば、私は可愛い可愛い赤ん坊でしたので、大切に大切に育てられました、というこどである。このあたりでは、蝶よ花よと育てられる子どもの衣服と髪型が歌われている。奈良時代における子どもの衣服を知る貴重な資料としてよく引用されるところである。書き下し文を示すと、

一　みどり子の　若子髪(わきごがみ)には　たらちし　母に抱(むだ)かえ　褨綴(ひむつき)の　平生髪(はふこがみ)には　木綿肩衣(ゆふかたぎぬ)

一　純裏に縫ひ着　頸付の　童髪には　纈纈の　袖付け衣　着し我を

となる。

†竹取翁の語る少年のころ

少年のころは、ちょうど九人の乙女たちの年と同じ年頃である。あなたさま方と同じころには、あなたさま方と同じように真っ黒の髪があったのでございますよ。髪もたくさんあったから、髪型も自由自在であったと語っている。ここも、拙訳から先に示しておこう。

まばゆいばかりにお美しい　皆々さま方と同じお年ごろには　蜷の腸ではないけれど　真っ黒な髪を　櫛で梳いて　ここいら辺まで垂らしたり　いやまたまとめて束ねたり　上で髷を結ってみたり　はたまた解き乱して　ざんばら髪にしてみたりとあれやこれやしたもんでございます　赤っぽい　いきな色目の　紫の　大きな模様の　かの有名な住吉の　遠里小野の　榛の実でさぁ　渋く渋く染め上げた衣にね　高麗錦の　紐に縫い付けてさ
[刺部重部]　合わせ重ね着したもんだ　打麻やしではないけれど　麻績の者たちや　あり

衣のではないけれど　財の者たちが　打つ布というものは　縦糸をしゃんと揃えて織る大層な布なのでございますがね　日に乾した　手織りの麻布をね　［信巾裳成者之寸丹取為支屋所経］

（拙訳）

※［　］に原文で示した部分は、現在の万葉研究においても未解読の部分であり、そのまま原文で示すことにした。

このあたりは、当時のブランド品のオンパレードである。住吉のはんの木染め、朝鮮半島からやってきた舶来の高麗錦、麻績の子が作る上等の麻布、こういうものを私は着ることができたのだ、このころはね……、と竹取翁は語るのである。書き下し文を示すと、以下のようになる。

にほひよる　児らがよちには　蜷の腸　か黒し髪を　ま櫛もち　ここにかき垂れ　取り束ね　上げても巻きみ　解き乱り　童になしみ　さ丹つかふ　色なつかしき　紫の　大綾の衣　住吉の　遠里小野の　ま榛もち　にほほす衣に　高麗錦　紐に縫ひ付

け　[刺部重部]　なみ重ね着て　打麻やし　麻續の子ら　あり衣の　宝の子らが　うつたへは　綜て織る布　日ざらしの　麻手作りを　[信巾裳成者之寸丹取為支屋所経]

——

†竹取翁が語る青年のころ

　ここからは、今は老いぼれとなってしまった私めも、若いころは、こんなにもてたんでございますよ、と語られる。おそらく、皆があこがれる美女で、かつ深窓の令嬢であったと予想される稲置娘子という女から贈られた、これまたブランド品の数々が並べたてられる。ここも、拙訳から見ておこう。

稲置娘子がさぁ　結婚のかための贈り物の気で　私にくれたるほどに……私めも男前だったのでございます　彼方の　段だら縞の靴下と　飛ぶ鳥の　明日香男が　長雨を避けて縫ったという黒沓を　つっかけてね　庭にたたずんでおりましたら　行かないでと　引き留める乙女がやって来ましてね　ほのかに小耳に聞いて　私めにくれた　淡藍色の　絹の帯を　小帯みたいに　韓帯に取り付けてくれたっけねぇ　海の神さまの　宮殿の屋根を飛びかう　蜂のような　私めの細い細い腰に　付けて飾ったっけね　鏡を　そこで俺さま

は手にとって並べて掛けてね　自分ながらにさ己の顔を　惚れ惚れ眺めたもんさね

（拙訳）

靴下がおしゃれなら、靴もおしゃれ。庭にたたずめば、乙女が寄って来て、帯のプレゼントをしてくれる。腰細でスタイルのよかった俺さまは、その帯を結んで鏡を見ると、自分ながらに惚れ惚れとしたもんさ、というのである。書き下し文を示しておこう。

稲置娘子が　妻問ふと　我におこせし　彼方の　二綾裏沓　飛ぶ鳥の　明日香壮士が
長雨忌み　縫ひし黒沓　刺し履きて　庭にたたずめ　罷りな立ちと　禁め娘子が　ほ
の聞きて　我におこせし　水縹の　絹の帯を　引き帯なす　韓帯に取らせ　海神の
殿の甍に　飛び翔る　すがるのごとき　腰細に　取り飾らひ　まそ鏡　取り並め掛け
て　己が顔　かへらひ見つつ

---

†竹取翁の語るその「もてっぷり」

今、原稿を書いていても、私の方が恥ずかしくなるほどの自慢話である。女たちからのプレゼントが凄いものだったと語るのは、それほど俺さまはもてたと言いたいのである。今も昔も変わらない、いわば「もて自慢」である。そのもてぶりは、こんな状態だったのだよと、竹取翁の語りは止まるところを知らない。拙訳から見てゆこう。

春になって　野辺を歩き回れば　いなせだねぇと　俺さまのことを思ってくれたのか　野っ原の鳥たちまでも　やって来て鳴いてまとわりついて飛びまわるってありさまだ　秋になってね　山のあたりを行けばさ　ああ男前のいい男だわぁと　俺さまを思ってくれたのか　雲までも　行きはばかってゆっくりゆっくり行くんだよ　俺さまがね引き返してね戻って来るとね　うちひさすではないけれど　大宮の女官がたや　さすたけのではないけれど　大宮の舎人男(とねりおとこ)たちもがだなぁ　流し目で　ちらりちらりと見てきやがるのさ　いやぁーどこの御曹子さまがいらっしゃったのかしらと　思われていたのではないかなぁと思うんでございますよ……　［如是所為故為］

（拙訳）

女だけじゃないんだ。鳥までもやって来る。鳥だけじゃないんだ。雲までも俺さまに惚れ込んで、ゆっくり流れてゆくんだ。まして、宮仕えの女官たちも、いや、宮仕えの男たちまでも、一目も二目も置く存在だったんだぞ、というのである。書き下し文を示しておこう。

春さりて　野辺を巡れば　おもしろみ　我を思へか　さ野つ鳥　来鳴き翔らふ　秋さりて　山辺を行けば　なつかしと　我を思へか　天雲も　行きたなびく　かへり立ち　道を来れば　うちひさす　宮女　さすだけの　舎人壮士も　忍ぶらひ　かへらひ見つつ　誰が子そとや　思はえてある　［如是所為故為］

†今、竹取翁めにできることは昔語りだけでございます

しかし、そんなにもてもてであった翁にも、やがて老いがやって来る。それが、人の人たるものの定めなのだ。

その昔　こうも華やかにもてもてだった私めも　なんということったよ　今日は仙女の皆さま方に　そんなのほんとかしらと　思われているのではございませぬか　［如是所為故為］

昔々の　賢人さまも　後の世の　お手本にでもしようと　老人を　棄てに行った車をね
また引き返してきたというじゃありませんか〔引き返してきたというじゃありませんか〕
（仙女さまたち、そう思いませんか）

（拙訳）

今や、皆さま方から見れば醜い老いぼれでございます、というのである。書き下し文を示しておこう。

古（いにしへ）　ささきし我（われ）や　はしきやし　今日（けふ）やも児（こ）らに　いさにとや　思はえてある〔如是所為故為〕　古の　賢（さか）しき人も　後（のち）の世の　鑑にせむと　老人（おいひと）を　送りし車　持ち帰（かへ）りけり〔持ち帰りけり〕

（巻十六の三七九一）

突然、ここで「老人（おいひと）を　送りし車」を持ち帰ったと出てくるのは不可解だが、ここは『孝子伝』という書物のことを念頭に、こう表現しているのである（成立年代は不詳だが、

少なくとも初唐には成立していて、日本にも天平期までには伝わっていた)。『孝子伝』を知らない人にはきわめて不親切な語りとなっている。

†老人を山に捨てる話

『孝子伝』を見ると、昔、親子三代で暮らす一家があった。その祖父は、老いぼれて今や何の役にも立たない。そこで、父親は、車に乗せて山に連れてゆき、捨ててしまったというのである。おば捨てならぬ、おじ捨てをしたのである。父親が祖父にした仕打ちを見て孝心を持った孫は、祖父の乗った車を引き返して来た。父親は、もちろん怒った。こんな老いぼれめを、どうして持ち帰って来たのか、と。すると孫は、こう言った。それは、お父さんが老いた時に、息子たる私が同じようにお父さんを捨てられないからです、と。この話を聞いた父親は、いたく感じ入って悔い改めたという話である。つまり、『孝子伝』の話は、捨てられた祖父、不孝の息子、孝心のある孫の行動を対比する話なのである。

孫の行動は、孝心のまごころから自然に起こった行動だろう。竹取翁は、この孫の行動こそ、後の世の人びとが手本、すなわち鏡とすべきものだと、まず評価した。その上で、孫は後世の人びとのお手本とするために祖父を連れ帰ったのだと語っているのである。たしかに、長い目で見れば、そうなるかもしれないが、それは後の時代の人間の評価に過ぎない。だから、この話が、老人を大切にすることの大切さを説く話として語られれば、後の世の鏡としようとして、送って行った車を引き戻したということになるはずである。以上の語りで、竹取翁は、九人の乙女たちに、老人を敬う孝心の大切さを歌を用いて遠回しに伝えたのであった。

†竹取翁の嘆き節

こうして、長歌が終わると、次に反歌二首が続く。二首それぞれを拙訳、書き下し文の順で示しておこう。

（拙訳）

反歌二首

死んだなら　白髪も見ずに済むけれど……　生きていたなら　白髪がね皆さんにも　生えぬということなどございましょうや（いや、そんなことありますまいに）

反歌二首

死なばこそ　相見ずあらめ　生きてあらば　白髪児らに　生ひざらめやも

（巻十六の三七九二）

白髪が　お若い皆々さまにも生えたなら……　こんなふうに　お若い人たちに　罵られずに済みますかね

（拙訳）

白髪し　児らも生ひなば　かくのごと　若けむ児らに　罵らえかねめや

（巻十六の三七九三）

となろうか。若死にすりゃ、白髪も見ずに死ねようが、年を取れば、皆、白髪になるのでは、と翁は説く。もし、若いあなた方に白髪が生えたら、私めもこんなに罵られなかったはずだというのである。二首の反歌は、長歌の内容を集約して、九人の乙女たちに反省を迫る内容となっている。誰でも、老いるものなのだと言いたいのである。

†九人の乙女たちは、竹取翁の歌を聞いてどう思ったのか

竹取翁の歌を聞いた九人の乙女たちは、次々に歌い出す。これらの歌も、この私の方が、読んでいて恥ずかしくなる内容なのだ。そして、ふっと笑ってしまう不思議な歌々である。まず、第一の乙女が、

娘子たちが答える歌九首

なんとまぁ　おじいさんのお歌に　あさはかな　九人の私ら乙女は　聞き入ってしまいました　私はあなたに惚れました〈一〉

（拙訳）

娘子(をとめ)等が和(こた)ふる歌九首

はしきやし　翁(おきな)の歌に　おほほしき　九(ここの)の児らや　感(かま)けて居(を)らむ〈一〉

（巻十六の三七九四）

と口火を切る。まず、反省の弁である。次に、第二の乙女が、

女から言い寄るなんてはしたない　でもその恥を忍び　恥を知らないふりをして　おじいさんが私に言い寄る前に　まず私めからなびき寄りましょう　私はあなたに惚れました〈二〉

（拙訳）

恥忍び(はじしの)　恥を黙(もだ)して　事もなき　物言(ものい)はぬ先に　我(われ)は寄りなむ　〈二〉

（巻十六の三七九五）

と歌う。女の私から、あなたさまに言い寄るのは、はしたないことですが、強く心惹かれる私は、自分からあなたに恋心を告白しますと歌うのである（三四頁参照）。第一の乙女は、歌に心を惹かれたといい、第二の乙女は、竹取翁に恋をしたというのである。

そして、第三の乙女は、

「いや」も「おう」も　皆さままかせで　無礼をお許し願いたい！　私からなびき寄りましょう　私はあなたに惚れました〈三〉

（拙訳）

否も諾も　欲しきまにまに　許すべき　かたちは見ゆや　我も寄りなむ〈三〉

（巻十六の三七九六）

と歌う。同じ心を持っていますというのである。続く第四の乙女は、こうなったら、九人全員が竹取翁と結ばれましょう。皆、友だちなのですから、というのである。そんなことがあるのかと思うが、歌のなかでは、そんなことがあるのだ。

死ぬも生きるも　皆さまとご一緒にと　誓った　友だちでございますもの　私からなびき寄りましょう　私はあなたに惚れました〈四〉

（拙訳）

死にも生きも　同じ心と　結びてし　友や違はむ　我も寄りなむ〈四〉

（巻十六の三七九七）

第五の乙女も、九人と一心同体だから、結婚したいという。

どうして　反対などしましょうや　「いや」も「おう」もありません　皆々さまと同じでございます　私からなびき寄りましょう　私はあなたに惚れました〈五〉

（拙訳）

何すと　違ひは居らむ　否も諾も　友の並み並み　我も寄りなむ〈五〉

（巻十六の三七九八）

第六の乙女は、口下手な私は、他の八人のようにうまく言えないけれど、やはり竹取翁と結ばれたいという。ここは、九人の乙女にも、それぞれ個性があって、私についていえばという「てい」になっているのである。

なんら取柄もない　このわたくしでございますゆえ　皆々さまのように　うまく申せませんが……　私からなびき寄りましょう　私はあなたに惚れました〈六〉

（拙訳）

豈(あに)もあらぬ　己(おの)が身のから　人の子の　言(こと)も尽(つ)くさじ　我も寄りなむ〈六〉

（巻十六の三七九九）

†愛の告白が止まらない

第七の乙女は、もう私の心は皆さんわかっているはず。私も竹取翁と結婚しますと歌うのである。同調、同意しますと次々に歌われるのである。

穂が出るはだすすきではございませぬが　出しゃばるまいと　思ってはおりましたが　わ

たくしめの気持ちはお見通しのはずです　私からなびき寄りましょう　私はあなたに惚れました〈七〉

（拙訳）

はだすすき　穂にはな出でそと　思ひたる　心は知らゆ　我も寄りなむ〈七〉

（巻十六の三八〇〇）

第八の乙女は、私の心はもともと恋の色になど染まらぬ心。しかしながら、今回ばかりは違います。皆さんと同じように竹取翁に恋をしましたという。皆さんと同じようにという言い方は、なかなか理解しにくいが、歌ではそうなっているのである。

かの有名な住吉の　岸野の榛で　染めようとしたとて　なかなか染まらぬ私の気持ち　でも輝くばかりに染まってしまいました　私はあなたに惚れました〈八〉

（拙訳）

住吉の　岸野の榛に　にほふれど　にほはぬ我や　にほひて居らむ〈八〉

（巻十六の三八〇一）

そして、最後の第九の乙女は、九人は友なのですから、私も竹取翁と結婚しますというのである。

春の野の　下草がなびきますように　わたくしめもごいっしょいたしましょう　友なる皆々さまがたとごいっしょに　私はあなたに惚れました〈九〉

（拙訳）

春の野の　下草なびき　我も寄り　にほひ寄りなむ　友のまにまに〈九〉

（巻十六の三八〇二）

ということは、竹取翁は、九人の乙女たちから同時に求婚されたことになる。竹取翁の歌の力に感じ入った乙女たちは、次々に竹取翁になびき寄ってゆくのである。九人全員がということころがあり得ない話なのだが、どう考えても常識ではあり得ないことが大切なのである。ファンタジーといえば、ファンタジーであり、ポルノといえば、ポルノかもしれない。ポルノは大人の童話ということがよくいわれるが、現実にはあり得ない話だからこそ、おもしろいのである。性的描写はないものの、これは一つのポルノである。

さらに、忘れてはならないことが一つある。九人の乙女たちが心を寄せたのは、竹取翁が歌を歌ったからであり、それは老人の持つ一つの知恵の力だということができよう。歌の力は偉大なり、老人の知恵の力は偉大なり、という隠されたメッセージが万葉の竹取翁の物語にはあるのである。平安時代の『古今和歌集』の仮名序の真意が、奈良時代の作品のなかにあるのだ（第二章参照）。

†『竹取物語』と万葉の竹取翁

万葉の竹取翁の話では、竹取翁は竹を取らない。一方、『竹取物語』の主役は、竹取翁や嫗というより、やはりかぐや姫だろう。おそらく、竹を取って生業（なりわい）とする翁にまつわる物語が、古代社会には、「異伝」「別伝」も含めて無数にあったのである。そのなかには、当然、竹を取る話もあったのであろう。だから、『万葉集』巻十六の竹取翁の話では、竹を取るところはないけれど、それでも竹取翁の話として語られていたのである。

では、『万葉集』の竹取翁の物語の特徴は、いったいどこにあるのだろうか。繰り返しとなるが、人間の男が、ある日、仙女と邂逅する物語であり、歌は仙女の心をもなびかせるのだという歌の力を表す物語になっていることだろう。また、九人の仙女と結婚するわけだから、仙女と結婚する話という点も、特徴的であるといえる。

じつは、『万葉集』の巻五には、現在の佐賀県の松浦川で若鮎を釣る仙女と邂逅する話がある。また、巻九には、水江の浦島(うらしま)の子の話があって、こちらは仙女と結婚する話になっている。いわば浦島太郎の物語の原型だ。仙女と邂逅する物語は、万葉の時代、たいそう人気のあった話なのである。したがって、巻十六の竹取翁の歌の物語は、そういう万葉時代に人気のあった物語のバリエーションの一つであったと考えてよいだろう。

†万葉オペラ、ここにあり

漢文の序文で、竹取翁が歌いはじめるまでの物語を語り、この語りによって、竹取翁が歌い出す。ナレーションが漢文の序で、歌で竹取翁の心のうちが語られてゆくのである。その竹取翁の歌では、翁の幼少期から若き日の栄光が長々と歌われ、そして最後にみすぼらしく老いた自らの姿が歌われて、長歌が締めくくられる。まさしく、竹取翁の歌は、オペラにおけるアリア（独唱）であろう。アリアは、その人物の心の内側を表現するものである。竹取翁のアリアは、九人の乙女たちへの歌いかけとなり、竹取翁のアリアに答えるかたちで、九人の乙女たちのアリアがはじまるのである。

つまり、理の文体である漢文によって物語の筋を伝え、登場人物の心情については、和歌で表現するという方法が、ここでは見事に使われているのである。こうして、勝手気ままで付和雷同、時にはお茶目な乙女たちのアリアが、次々に歌われてゆくのである。

あらすじを漢文で語り、心情部分は歌で語らせる。そして、この二つを巧みに組み合わせるという方法は、『古事記』『日本書紀』、さらには平安時代の歌物語、『源氏物語』にまで引き継がれる方法である。十二世紀までの日本における標準的な物語のスタイルだった、といえよう。

私は、はじめてオペラを見た時、舞台上の登場人物が突然、「私の名は○○と申します」と歌い出したのに驚いたし、違和感を覚えた。たぶん、声には出さなかったが、笑ってしまったと思う。しかし、この物語の進行方法は、オペラのアリアの方法であるとともに、わが日本の古代文学の方法そのものなのである。今となっては、笑ってしまった自分の浅学が恥ずかしい。国文学徒なのに。

†はたして、「異伝」か、「別伝」か?

では、万葉の竹取翁の歌と、『竹取物語』とはいったいどのような関係にあるといえるのだろうか。私自身の意見をいわなくては、読者諸賢も納得しないだろう。考えてみれば、この二つの話は、似ても似つかない別の話である。したがって、万葉の竹取翁の歌も『竹取物語』も、同じ竹取翁にまつわる話であるといえるかもしれないが、「別伝」と考えてよい。

しかし、まったく似ていないかといえば、そうでもなかろう。かぐや姫は、月に帰る。だから、月の仙女といえなくもない。したがって、『竹取物語』も、仙女と邂逅する物語といえるだろう。万葉では、竹取翁と仙女は恋人となり結婚するが、『竹取物語』では親子関係になるという違いがあるだけだ。そう考えれば、万葉の竹取翁の歌は、『竹取物語』の源流の一つともいえるだろう。だとすれば、「異伝」の一つということになる。『万葉集』に、平安物語文学の源流を認めることができるといってよいだろう。

私たちは、漢文と歌を組み合わせるという苦心の方法で記された竹取翁の物語と歌とを、注釈に頼りながらも、今、なんとか読むことができる。こうして、奈良時代の竹取物語の一つを、私たちは知ることができるのである。

語れば、その瞬間に消えゆく物語。その一端を、『万葉集』から知ることもできるのである。『万葉集』が、古代の物語と私たちを結んでくれるのだ。

第九章　日記が芸術になる時

†「語り」と「癒し」と

あたりまえのことを、あたりまえにいうのは恥ずかしいものだが、物語というものは、語られてこそ物語となる。たとえば、人が亡くなったとしよう。私たちは、さまざまな供養をして死者をあの世に送り出す。もちろん、僧侶や神父、牧師などの宗教者の力も借りて。

しかし、いちばん大切な供養とは何か。それは、亡くなった人のことを、残された者たちが語り合うことだ。だから、お坊さんの読経もそこそこに、法事では酒盛りが始まり、昔話に花が咲くのである。花を手向けるといっても、花が手向けられるのは、仏さまの方ではなくて、「人さま」の方ではないか。花は「人さま」の方に向かって、飾られているのである。残された者たちがともに食べ、ともに飲んで、楽しく死者のことを語れば、死者もまたこれを歓びたまう。死者が歓び、やすらかにあの世で暮らせば、生きている人間に祟ることもない。だから、われわれは七日目、四十九日目、百日目、一年目、三年目、七年目と、時を定めて残された者たちが集って語り合うのである。語ることによる「鎮魂」といえるだろう。語ることによって、死者の魂も鎮められるとともに、残された者たちの魂も鎮まるのである。これが、語ることによる「癒し」なのであろう。

†日記文学の誕生

現象面だけをみれば、アフリカのシャーマンの語りも、日本の物語による鎮魂も大差はない。だから、物語は、人類に普遍的な文化ということができる。

竹取翁のもともとの物語は、竹を取って竹を加工して、ザルや漁具を作って生業(なりわい)とする集団で語り伝えられていた物語であったと考えられている。だから、貧しい竹取翁が、主人公や重要な脇役になっているのである。『竹取物語』は、竹取りと竹細工を生業とした集団の祖先の物語から出発して、その時代、その時代の文学の影響を受けながら語り継がれていった物語なのであった。そういう古代の物語の一つを、私たちは、漢文の序と、オペラのアリアのような歌々によって知ることができるのである。

そういった詩歌、物語とともに、平安文学において重要な位置を占めるのが、日記文学である。日記は、本来、他人に見せるために書かれるものではない。しかし、時として芸術性を持つことがあり、後には日記という形式をとった、ひとり語りの文学へと発展してゆくことになる。

この文学の形式の源流を辿れば、生活のための日々の備忘録であった。これを整理すると、

日記をつける行為
- → 実用の日記（資料性が大きい）
- → 日記文学への展開（資料性が小さい）

ということになろうか。私は、第八章において、平安時代の物語の文学の萌芽が、『万葉集』にあると説いた。本章では、日記文学の萌芽もまた『万葉集』にあることを説きた

い、と思う。

†『万葉集』は、どうやってできたのか

大伴家持（七一八頃―七八五）は、『万葉集』の編纂者だといわれるが、そのいい方は正しくない。正しくいえば、『万葉集』の編纂者のひとりと考えられているということである。

じつは、『万葉集』は、多くの歌集から歌を引用して作られた歌集である。「古集」「古歌集」「類聚歌林」「柿本人麻呂歌集」「高橋虫麻呂歌集」などのさまざまな歌集から、歌が集められて作られた歌集である。

『万葉集』がおもしろいのは、その引用した歌集名をなるべく書き留めようとしている点だと思う。今、私は名前のある歌集をいくつか挙げたが、名前がない資料、名前があっても現在その名前が伝わらない歌集も資料になっている。したがって、『万葉集』は、百年ほどの時間をかけて少しずつ膨らんでいった歌集だと考えた方がよい。ほぼ百年をかけて、『万葉集』成立以前に出来上がっていた歌集を少しずつ吸収して、大きく育っていった歌集だと考えればよいのである。

今、私は、少年の日に作った雪ダルマのことを思い出している。小さな雪の玉を作り、それを転がして、大きな雪の玉にしてゆく。そうして、大きくなった雪の玉をかためて、思う大きさにして、胴体を作る。また、同じ方法で頭を作る。仕上げは、顔をどう作るかだ。昔は、炭を利用したものだ。

してみると、歌集のはじまりは、たった一首の歌からはじまるはずだ。『万葉集』の場合、この一首がどの歌かは、わからないけれども、巻一、巻二のどれかの歌であることは間違いない。歌が歌を引き寄せて、雪ダルマの雪の玉が大きくなりはじめたのは、持統太上天皇の時代であったと、研究者たちは、一応漠然と考えている(太上天皇在位六九七―七〇二)。ここまでは、多少の異論、反論があるにせよ、多くの研究者間で了解されているところである。

†『万葉集』編纂に果たした大伴家持の役割

話を編纂者の件に戻そう。その雪ダルマの雪の玉が、かなり大きくなっていて、これを固めて、胴体と頭を作ろうとした段階で、大伴家持は雪ダルマ作りに参加したのであった。だから、彼は、雪の固め方(歌集の体裁の仕上げ)、雪ダルマの顔づくり(歌の取捨選択)

に関わっている。つまり、大伴家持の歌や歌集に対する考え方が、『万葉集』に反映されていることは、間違いないのである。

が、しかし、である。大伴家持は、ある段階で、『万葉集』の編纂に携わらなくなったようだ。おそらく、大伴家持が携わらなくなって以後も、雪ダルマ作りは続けられたと思われる。したがって、大伴家持も、今日われわれが見ることのできる、完成した『万葉集』の姿を見ることはできなかったのではないか、と思われるのである。

雪の玉の核となるべき『万葉集』の編纂がはじまったのは、藤原京の時代(六九四―七一〇)に遡る。だとすれば、家持は、まだこの世の中に生を受けていない。大伴氏の貴公子として生れた彼は、少年の日、大伴氏に伝わっている多くの歌々から、歌の心と歌を作る技を学んだはずである。それらの大伴氏に伝わっていた歌々も、ある段階で、『万葉集』に吸収されていったと考えてよい。『万葉集』に大伴家持に関係する歌が多いのは、このためなのである。

今日もっとも有力な学説は、大伴家持が国司として越中に赴任する直前の天平十七年(七四五)、十八年(七四六)に、巻一から巻十六までが編纂されたとする学説である。そして、その中心人物こそ、大伴家持であったと考えられているのである。

では、巻十七から巻二十の末四巻は、いったいいつ、どのようなかたちで、現存する『万葉集』に加わったのであろうか。ここは、研究者間でも意見が分かれるところである。二つの考え方を示しておこう。一つの考え方は、こうだ。『万葉集』でいちばん新しい歌で、なおかつ『万葉集』の最後に収められている、いわゆる終焉歌という歌がある。

　三年春正月一日に、因幡国の庁にして、饗を国郡の司等に賜ふ宴の歌一首

新しき　年の初めの　初春の　今日降る雪の　いやしけ吉事

〈左注省略〉　（巻二十の四五一六）

新しい年のはじめの初春の　今日降っている雪のように　どんどんと重なっておくれ――
よいことが　（拙訳）

この歌が歌われた天平宝字三年（七五九）正月以降ほどなくして、巻十七から巻二十が加えられたとする説である。もう一つの説は、大伴家持が没する延暦四年（七八五）までの間に末四巻が加えられたとする説である。具体的にいえば、宝亀年間（七七〇―七八一）に末四巻が加えられたとする説である。

ただし、両方の説ともに、最終的には宝亀年間に、ほぼ今見ることができる『万葉集』のかたちになったと考えるところは変わりがない。そして、『万葉集』が日の目を見るようになったのは、大伴家持をめぐるさまざまな政治情勢から、平城天皇の時代（在位八〇六―八〇九）になってからだと考えられている。このあたりが、今日の研究者間の共通認識である。

†『万葉集』末四巻

大伴家持は、歌に関わる日記をつけていた。その日記が、巻十七から巻二十の末四巻に入っている。日記は、歌を中心にしており、家持は自分の歌と自分に関わる歌々とを集め、漢文で、歌がいつ、どこで、何のために作られたのかというような情報を記し、年月日を記して整理していたようである。その家持の歌日記を整理して、巻十七から巻二十までの末四巻としたのである。この日記の整理を行なった人物が、家持であるのか、それとも家持以外の人物であったのかということについては、意見が分かれるところである。私は、家持以外の人物であると思っているが、それとて、もとより確証などない。

はたして、末四巻に、家持の歌日記を入れたのは、家持なのか、別の人物なのか。さらには、日記の記述に手を入れて歌集の体裁にしたのが誰なのか、今もって不明というほかはないのである。

が、しかし。この歌日記を読めば、家持が日記をつけていたあらかたの内容を把握することができるのである。そして、日記が、歌集になる瞬間に立ち合うこともできるのである。それは、万葉研究の一つの醍醐味であるといえるかもしれない。

†七五八年の正月

天平宝字二年（七五八）の正月、大伴家持は、右中弁（うちゅうべん）という職にあり、多忙を極めていた。宮廷の正月といえば、さまざまな宴が行われる。家持は、その宴に出席したいけれど、思うにまかせなかった。多忙だったのである。それでも、彼は、勤務の合間を縫って、宴に出席しようとしていた。そして、その宴の場で、もし天皇から歌を詠めと命を下されれば、すぐに歌を披露できるように細心の準備をしていた。突然の命令でも、すぐに歌が出せるように、あらかじめ歌を準備していたのである。

そこで具体的に、巻二十に記されている天平宝字二年（七五八）の正月のところを見てみよう。はじめに、訳文を掲げておく。

天平宝字二年（七五八）春正月三日。天皇の側に仕える侍従・竪子（じゅし）という雑用係・王臣たちをお召しになって、孝謙天皇のお住まいたる内裏の東の建物の垣下に控えさせて、玉箒をお与えになって宴を催しあそばされた。その時、内相であった藤原朝臣仲麻呂が、天皇のご命令の勅を承ってその旨をお伝えになった。そのお言葉は、「諸王卿らよ、自らの持てる力に応じて自由題で歌を作り併せて詩を作って出せ」というものであった。そこで、天皇のご命令の旨に従って各人思いを述べる歌を作り、詩を作ったのであった。〔この時に集った人びとが作って奉った詩と歌は、まだ入手できていない〕

初春の　初子（はつね）の今日の日の　玉箒は　手に取るだけで　ゆらゆらとゆらゆらと……ゆらぐ玉の緒だ――

右の一首は、右中弁だった大伴宿禰家持の作である。ただし、配属されていた大蔵省の勤務の都合で、内裏に参上できなかったので、奏上できなかった。

（拙訳）

正月の三日に、孝謙天皇は、天皇の側に控える侍従、雑用係である豎子、各皇族、王族、有力な臣下をお召しになって宴をした。天皇の居所である内裏の東屋に垣下と呼ばれる座を作って、酒宴を行ったのである。

この日は、年が明けて、はじめてめぐって来る子の日で、毎年、初子の日には、天皇からは豊年万作となりますようにと「からすき」、皇后からは蚕棚から繭玉を集める「玉箒」という縁起物を下賜されることが恒例化していたと思われる。天皇は「農」を勧める人であり、皇后は「養蚕」を勧める人なのである。孝謙天皇が女帝であったためか、この年は三日の宴で「玉箒」が下賜されたようである。

そして、天皇は、内相であった藤原仲麻呂を通じて、宴に参加していた皇族と貴族に対して、歌と詩を出せと命じたのであった。

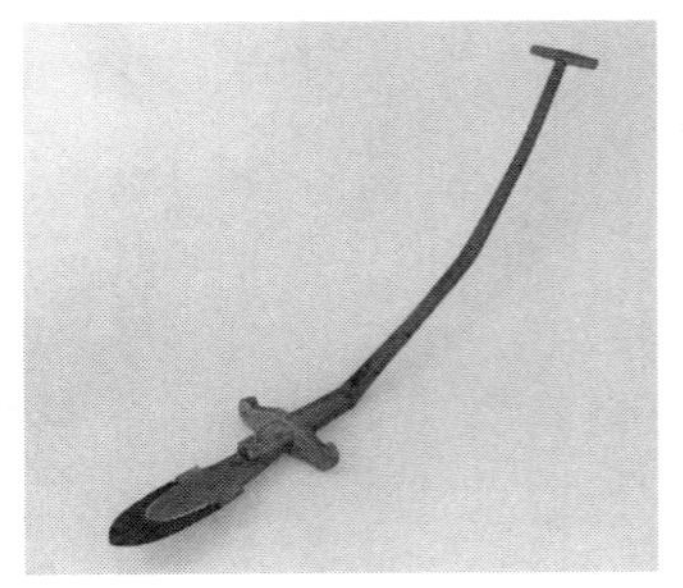

子日手辛鋤（儀式用の鋤、正倉院宝物）奈良国立博物館編『第61回「正倉院展」目録』より

同上、墨書銘
（正倉院宝物、出典も同上）

†歌を準備する人、家持

先述のように家持は、初子の日に天皇のお召しがあって宴が行われることは恒例となっているので、あらかじめ歌の準備をしていたのであった。準備万端であったけれども、大蔵省の仕事が忙しくて、その宴に出席できなかったのである。書き下し文を示しておこう。

二年春正月三日に、侍従・豎子・王臣等を召し、内裏の東の屋の垣下に侍はしめ、即ち玉箒を賜ひて肆宴したまふ。ここに、内相藤原朝臣 勅 を奉じ宣りたまはく、「諸王卿等、堪に随ひ意の任に歌を作り幷せて詩を賦せよ」とのりたまふ。仍りて詔旨に応へ、各 心緒を陳べ、歌を作り詩を賦す。〔未だ諸人の賦したる詩幷せて作る歌を得ず〕

初春の　初子の今日の　玉箒　手に取るからに　揺らく玉の緒

右の一首、右中弁大伴宿禰家持が作。ただし、大蔵の政に依りて、奏し堪へず。

（巻二十の四四九三）

ここで、注意しなくてはならないことが、二つある。一つ目は、右中弁という職は、大蔵省を管轄とする部署なので、彼は大蔵省の仕事で出席できなかったということである。家持は、多忙だったのである。ところが、彼は、もし機会があれば、初子の日の宴で、各人が披露した詩歌を集めて記録しておきたいという希望を持っていた。これは、家持の歌日記の性格を考える上において、重要なことだ。二つ目に重要なことは、宴に出席できなかったために、せっかく作ったものの披露の機会を失ってしまった歌をも書き留めているという事実である。

では、なぜ、出席者の詩歌を彼は集めようとしていたのだろうか。それは、翌年以降に、もし自分が初子の日の宴に出席することになった場合のことを考えていたからである。その時の参考にしようと思ったのであろう。「入手できなかった」とわざわざ書き残しているのは、なるべく早く入手したいので、取り紛れて忘れないようにこう書いているのである。いわば「備忘録」といえよう。

†初子の日の歌

では、「初春の　初子の今日の　玉箒　手に取るからに　揺らく玉の緒」（巻二十の四四九三）とは、どういう歌なのであろうか。

じつは、この日に天皇から下賜された「玉箒」の一部が、正倉院に残されている。箒には、ガラス玉が多数つけられていたと思われる。それが「玉の緒」である。「手に取るからに」とは、手に取るやいなや、すぐにということである。ということは、手に取るとすぐに玉の緒がゆらめくということを歌っているのである。「玉箒」は、玉をゆらめかせて、そのゆらぎを楽しむものであろうから、手に取った時のかすかな振動でも動いたとしたら、それは良い「玉箒」だということになる。とすれば、この歌は、「玉箒」を讃めた歌とい

子日目利箒（儀式用の玉飾りの箒、正倉院宝物）奈良国立博物館編『第61回「正倉院展」目録』より

うことになろう。下賜品である「玉箒」を讃めるということは、天皇に対する感謝の気持ちを、間接的に表すことにも繫がる。

また、こういった歌が、宴で披露されれば、参会者はともに宴に出席できた悦びを分かち合うこともできるだろう。「天皇さま、こんなにすばらしい玉箒をありがとうございます」「皆さん、こんなにすばらしい玉箒をご出席の皆さんといっしょにいただけて、私は悦んでいます。皆さんも同じ気持ちではありませんか」というようなメッセージを歌に込めることができるのである。しかし、家持は、この歌を公表する機会を失ってしまった。

今、私たちは、公表がかなわなかった家持の歌を、彼の歌日記、そして歌日記を編集して作った『万葉集』巻二十を通じて知ることができるのである。

†天平宝字二年（七五八）正月七日

大伴家持は、初子の日の宴に参加できなかった。しかし、彼は次の機会を狙っていた。それは、正月七日の白馬節会（あおうまのせちえ）の宴で、歌を披露する機会である。

「白馬節会」とは、何か。それは、毎年、正月七日に、天皇が庭に引き出された馬を見る行事のことである。行事が終われば、毎年宴が行なわれた。

白馬節会は、中国から渡来して、七世紀後半には、すでに宮廷行事になっていたと考えられる行事なのである。中国においては、馬は、古くから陽の気を持つ獣とされており、その色は、陰陽五行思想で春を象徴する青とされていた。年の初め（新春）に縁起のよい青馬を見ると、邪気が払われるとされ、このような行事が行なわれていたのである。ただし、実際の馬の色は、青みを帯びた灰色の馬であったと考えられる。だから、平安時代になると、「白馬節会」と表記されるようになったようだ。「白馬節会」と書くようになった後も、「あをうまのせちゑ」と訓んでいたのである。

話を、天平宝字二年（七五八）正月の、大伴家持に戻そう。白馬節会についても、残念な結果に終わったのである。まず、訳文から見てみよう。

水鳥の　鴨の羽色のごとき　青馬を……　今日見る人は　その命限りなしという――

右の一首は、七日に天皇ご臨席のもとで行なわれるべき正月の宴のために、右中弁だった大伴宿禰家持があらかじめこの歌を作っておいたものだ。ただし、仁王経を読みその講説を聞く仁王会開催の都合で、繰り上げとなってしまった。孝謙天皇は、そのために、六日、内裏で諸王卿らをお召しになり、酒をお与えになって、宴に招かれた

者たちに対して引出物を下されたのである。よって、奏上することはかなわなかったのだ。（拙訳）

あらかじめ歌を用意しておいたにもかかわらず、日程変更が行なわれてしまった。ために、白馬を見る行事がなくなってしまい、六日に白馬節会の宴だけが行なわれたのである。その理由は、仁王経を読んでその講説を聞く仁王会という法会を、七日に行なったからである。以下、書き下し文を示しておこう。

水鳥の　鴨の羽色の　青馬を　今日見る人は　限りなしといふ

右の一首、七日の侍宴のために、右中弁大伴宿禰家持予めこの歌を作る。ただし、仁王会の事に依りて、却りて六日を以て内裏に諸王卿等を召し酒を賜ひ、肆宴し禄を給ふ。これに因りて奏せず。（巻二十の四四九四）

†いのち無限に

では、家持が用意した「水鳥の　鴨の羽色の　青馬を　今日見る人は　限りなしといふ」（巻二十の四四九四）とは、どんな歌だったのだろうか。青馬の色のことを「水鳥の鴨の羽色」と歌っている。この行事では、新春に陽の気のある動物である馬、しかも春の色である青い馬を見ると縁起が良いわけだから、はじめに馬の色について言及しているのである。ここでは、鴨類の身体の一部が、青や深緑であることを想起すればよい。つまり、馬の色が、まさにこの行事の主旨に適（かな）った色であったということを、単刀直入に讃めているのである。そういうすばらしい青色の馬を見る人の命は、限りなしといわれていますよと家持は表現しているのである。いのち無限と家持はいうのである。

†間接的に讃める

以上のように歌えば、まず宴の主人である天皇を間接的に讃めることになる。それは、天皇に対して感謝の気持ちを表すことにも繫がるはずだ。さらには、宴に参加した人びとを祝福することにもなるだろう。皆さまも私めも、新年早々に青馬を見て邪気を払って、めでたいことですね、というのだから。

私は、この歌を無駄のないすばらしい歌だ、と思う。しかし、不運にも日程が変更されてしまったのである。では、七日に白馬節会があれば、発表できたかといえば、そうともいいきれない。たとえ、七日の白馬節会が開催されて、宴に参加できたとしても、歌を出せとの天皇の命がない場合だってあるはずだ。すると、歌を公表するチャンスもないはずである。

†天平宝字二年(七五八)正月六日

家持は、結局、六日の宴で歌を発表することができなかったのである。予定が変更となって、七日に行われるべき宴が六日に行なわれたのだが、繰り上がった六日の宴の席で披露する歌も、急ぎ準備したのであった。家持は、その宴に出席した。そして、歌を出せという天皇の命が下ることを心待ちにしていたに違いない。このあたりは、まるで歌が生まれる舞台裏をのぞき見しているかのようである。しかし、天皇の命令は出なかったのだ。家持にとっては、なんとも残念な正月だったといえよう。まず、訳文から見てみよう。

六日に、内裏の庭に、仮に樹木を植えて幕の代わりの林帷を作り、宴をなさった時の歌一首

うちなびく　春とはっきりわかるほどにね　うぐいすたちよ　林帷という植え木の垣間を鳴き渡ってくれよ（春なんだから）

右の一首の歌は、右中弁であった大伴宿禰家持の作である。奏上はかなわなかった。

（拙訳）

この日は、天気がよかったものと見えて、天皇の居所である内裏の庭で宴が開かれた。宴の会場には、樹木が並べられていたようだ。その樹木を幕に見立てて、宴が行なわれたのであった。これを「林帷」という。つまり、ずらりと植え込みを並べて、仕切りを作って、屋外で宴をしたのである。書き下し文を掲げると、次のようになる。

六日に、内庭に仮に樹木を植ゑて林帷と作して、肆宴を為したまふ時の歌一首

うちなびく　春とも著く　うぐひすは　植ゑ木の木間を　鳴き渡らなむ

右の一首、右中弁大伴宿禰家持〔奏せず〕。

一

（巻二十の四四九五）

ここまで準備をしていたにもかかわらず、家持は六日の宴で歌を発表できなかったのである。「みやづとめ」の悲しさ、つらさである。私などは、ついつい家持に同情してしまう。

†宴にふさわしい歌を考える

では、「うちなびく　春とも著く　うぐひすは　植ゑ木の木間を　鳴き渡らなむ」（巻二十の四四九五）は、いったいどんな歌なのだろうか。この日の趣向は、樹木を幕の代わりに使った屋外での宴であった。したがって、その趣向をまず歌のなかで讃めねばならない。青々とした草もうちなびく春とはっきりわかるように、この宴にふさわしいように、うぐいすよ、この「林帷」の垣根の間を鳴き渡ってくれよ、という歌を公表しようと家持は考えていたのである。

つまり、春の宴、植え込みにうぐいすが鳴き渡れば、その趣向は最高なのになぁ、と言いたいのである。しかし、うぐいすの心のことなど、誰にもわからない。それでも、鳴き渡ってほしいと歌うところに、歌の心があるのである。林帷の趣向は、最高だ、あとは、うぐいすだけだ、と表現するのは、宴の趣向のすばらしさを逆説的に讃め称えているのである。そうすれば、宴の主人である天皇を間接的に讃めることにもなるはずだ。また、宴に参加した人びとに対しては、次のようなメッセージを発することができるのである。こんなすばらしい林帷のなかで酒が飲めるなんて、最高ですね。私も、皆さんといっしょに楽しみたいです、と。

†日記は生きるための武器

宮廷では、日ごと日ごとに、多くの行事が行なわれる。そして、その行事の終わりには、必ずといってよいほど宴がつきまとう。宮廷社会に生きる、いや生き抜くということは、日々の行事と宴のなかで生きるということであった。行事と宴では、宮廷人としてふさわしい立ち居振る舞いが求められる。それができない者には、容赦なく軽蔑の視線が注がれ、陰湿な「いじめ」が待っていた。それだけならよい。高じては、辱め(はずかし)を受けて、自死に追い込まれた者も多かった。恥だけでは済まなかったのである。

宮廷内における地位と、複雑な仕組みの「しきたり」が絡み合っているのが、宮廷社会なのである。その一つ一つをよく学ぶ以外に、宮廷社会では、自分を守る方法はなかったといえよう。では、「しきたり」とは何かといえば、それは先例の塊のようなものである。なぜならば、先例に従うことが伝統を守ることに繋がるからだ。先例が、積もりに積もって「しきたり」になるのであり、そこには何らの合理性も、法則性もない。「しきたり」は「しきたり」だから、こう決まっているのだとしか、説明されないのである。合理性や法則性がないから、「しきたり」は、やっかいなのだ。一方で、宮廷社会は、流行に敏感で変化の速度も速い社会でもあった。

だから、貴族たちは、自らの身を守るために、日記をつけていたのである。先例が記録されていれば、その先例を守ってさえいればまずは安心だ。また、「しきたり」を巡る対立や争いが起きた場合、より多くの先例、より古い先例を知っている方が勝ちとなる。宮廷に限らず、一つの社会に身を投じるということは、「しきたり」を学ぶということなのである。

平安時代、十一世紀後半になると、数世代に渡る日記を保持している貴族の家も多くあった。それは、時には利権にもなった。日記に書いてある「しきたり」を教えることによって、金品その他の利益を得ることができたからである。また、時には先例を盾に、政敵を攻撃することも行なわれた。十世紀には「日記の家」ともいうべき、名門貴族が生まれていたのである。

忠臣蔵の吉良上野介が、なぜ天皇の使いである勅使饗応をする「しきたり」を教えることができたかといえば、それは古い日記を持っていたからである。だから、大名といえども、こういった指南役に対しては、辞を低くし、時には付け届けをする必要があったのである。近代史の資料として、天皇に仕える侍従の日記が使われることが多いけれども、なぜ侍従たちが日記をつけているかといえば、翌年から先例となってゆく「しきたり」を、備忘録として残しておこうとするためなのである。日記は、今も昔も、宮廷社会を生き抜くための武器なのだ。

†歌日記の実用性

じつは、大伴家持の歌日記にも、実用性がある。まず、正月三日の宴に関する記述であるが、初子の日の宴について、

どんな人びとが集められ——侍従・豎子・王臣等

どんなところに――内裏の東の屋
どんなしつらえで――垣下の座が用意されて
どんな下賜品があって――玉箒
どのように詩歌が求められたか――内相よりの勅の伝達で

という情報が記されているのである。これだけの情報があれば、来年以降のために、初子の日の宴の歌を予め作っておくのに役立つだろう。さらには、本年公表できなかった歌を来年以降に公表することだってできる。そして、この日に公表された多くの詩歌を知っていれば、これもまた参考になるはずである。予測できることは準備する、臨機応変とは、こういうことを言い、場あたり的なことではないのである。

では、正月六日と七日の記述については、どうであろうか。この日記があることによって、七日の白馬節会の宴の日が移動した年もあったということがわかるであろう。仁王会が七日に行なわれることによって、白馬節会の宴の方が、繰り上げられた、という前例の記録である。したがって、白馬節会の宴といっても、白馬を見る行事が行なわれない場合だってあると考えておく必要があるのである。

加えて、正月の宴といっても、天候が良い時には、屋外で樹木を幕に見立てて宴を行う年もあるということが記録されている。これらの記録があれば、白馬を見る行事がない年もあり、宴の趣向に「林帷」を利用する場合もあることを念頭において、来年以降、宴の歌の準備をすることもできるはずである。当日、歌が公表できなくても、来年以降に備えて、家持はこういった情報を書き残していたのである。いや、未来に蓄えておいたのである。

いわば、日記は子孫のために残すものであった。子孫は、この日記を読んで、正月行事で失態を演ずることのないように、予め準備することができるはずだ。日記とは、「今を記す」ものであると同時に、未来への手紙なのだ。

†歌日記の文学性、芸術性

天平宝字二年（七五八）、時に家持は四十一歳。彼は、宴があれば、そのチャンスに自分の歌を披露できるように、準備をしていた。そして、天皇からの詩歌を献上せよとの命令をひたすらに待ち望んでいたのであった。宴に臨む前に、あれこれとその宴のことを想像し、その宴にはどのような歌がふさわしいか、常に家持は考えていたのである。そういった日々の暮らしのなかで、家持は先人の歌の表現を学んでいたのである。さらには、歌の言葉を磨きあげていたのであった。

しかも、宴の場はたのしい酒盛りの場であるとともに、天皇の御前で互いの詩歌を競い合う戦場でもあった。ヤマト歌には、定められた「かたち」があり、表現にも「しきたり」のようなものがある。「かたち」と「しきたり」を守りながらも、独自の味わい、新鮮な味わいがなくては、目立つことができない。そういう研鑽(けんさん)を家持は積んでいたのであろう。そして、今、われわれは家持の歌日記を読むことによって、家持の歌の学びの実際に触れることができるのである。

また、歌日記の記述を読むと、右中弁として多忙を極めながらも、宴でなんとか自作を公表しようとした家持の姿も浮かんでくる。私など、家持に肩入れしたくなる。家持の歌日記は、われわれ読者を、天平時代の宮廷に誘ってくれるのだ。だから、宮廷に迷い込んだかのごとき体験をすることができるのである。歌日記を読むことによって、天平の時代を生きた一人の貴公子の人生を、断片的ではあれど追体験することができるのである。日記文学のおもしろさというものは、じつにこの点にあるのだ。

時空を超えて、一人称で語られる日々の出来事に触れ、語り手の心情に読者は思いを馳せる。本章で取り上げた天平宝字二年の正月の宴のところは、その情報が詳細で、そこにはリアリティもある。末四巻を読むと、妻や家族との別離、越中への旅、越中に地方赴任した人びとの人間模様、さらには越中の風土などが生々と蘇ってくる。

†日記文学の虚実

一方、その記述がどれほど脚色されているか、歌集に入れるにあたってどれほどの修正がなされているのかなど、考えさせられることも多い。たとえば、日記において、自らのことを右中弁大伴家持と、いちいち名乗ることなどあり得ない。これは、歌集編纂時に修正されたところであろう。この点はすべての日記文学にもいえることである。読者は、書き手の語りに心酔しながらも、時には、どれほどの事実が反映されているのだろうかと考えながら読み進むことになる。

物語は、原則として、「虚」のなかに人の心の「実」を見定める文学であるといえよう。対する日記文学は、「実」のなかに人の心の「虚」を見定める文学といえるかもしれない。もちろん、物語のなかにも、日記のような文学性があるし、日記のなかにも物語のような文学性があるのはいうまでもない。歌も物語も日記も、その虚実の間におもしろみという

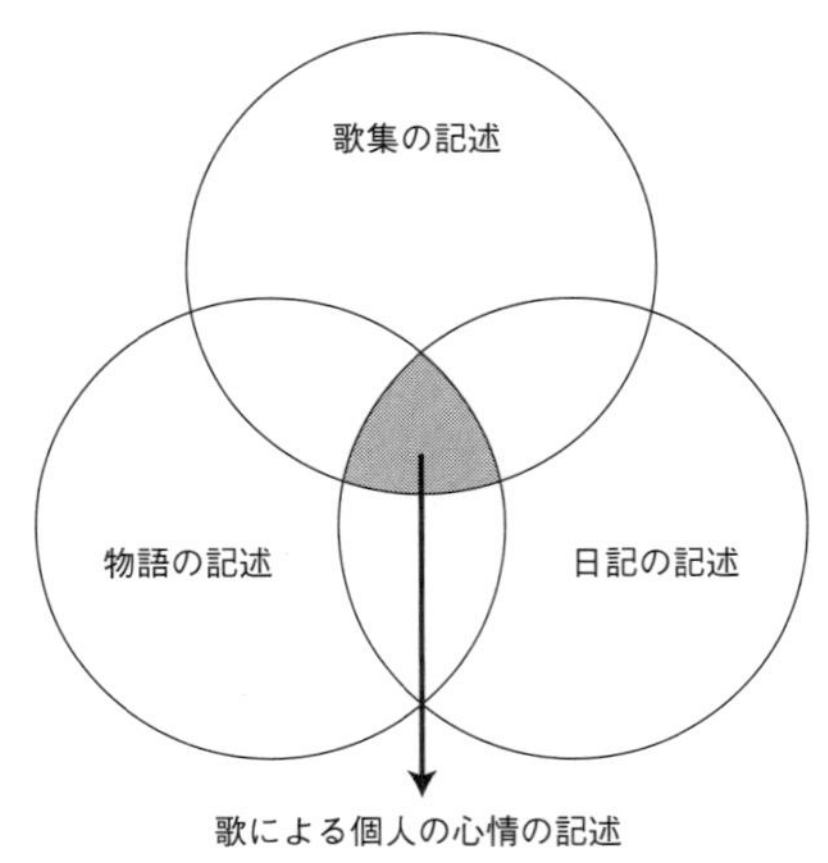

12世紀までの歌を核とした物語と日記のありよう

ものがあるのだ。

†日記文学と物語文学の萌芽

宴に備えて、歌を準備しておきたいと考えていた大伴家持。そこから、家持の歌日記は出発したのであった。一方、自ら歌を書き留め、歌の公表の場のことを書き留めるうちに、いつしかそれは自らの心情を綴る文学へと変化してゆくのであった。

『土左日記』『蜻蛉日記』『更級日記』などの日記文学は、事実を記述するところから飛躍して、虚を抱え込む文学となっている。今日、われわれは、これらの日記を、あたかも小説のように読もうとする。一方、漢文の序と歌の組合せによって物語を語る文学のかたちは、

『大和物語』『伊勢物語』『源氏物語』に引き継がれることになってゆく。

つまり、日記文学も、物語文学も、その萌芽は『万葉集』にあるのである。八世紀から十二世紀までの日本文学の流れを大摑みにすると、それは三つの流れに分かれる。歌集と物語と日記である。しかも、その三つは、歌を核に発展している。歌集と物語と日記の結節点となるものは、やはり歌なのである。

それは、なぜか。おそらく、もっとも早い段階で流通チェーンができ上がっていたからであろう。さらにいえば、この三つの萌芽は、すでに『万葉集』にあるのである。

おわりに――『万葉集』は言葉の文化財

†声の缶詰

一度だけだが、二〇一二年にノーベル文学賞を受賞した中国の作家、莫言（一九五五―）と一日話す機会を得た。というのは、彼が奈良にやって来て、私がその案内人をあい務めたからである。にこにこと話す口調は、中国の田舎のおっさんという感じであったが、話していて納得がいかない時には、こちらの話を遮って、「いや、私の聞きたいのは、そういうことじゃないんだ」と問い返す人でもあった。その彼が、こんなことを聞いてきた。

君の研究している『万葉集』っていったい何だい？

私は、その質問があまりにもストレート過ぎて、どう答えてよいかわからなかった。不思議に思う読者も多いと思うが、私が万葉学徒だからこそ、なおさら答えにくいのである。しばらくして私は、「それは、だいたい八世紀の中葉くらいに成立した歌集で、それは雑歌、相聞、挽歌から成り立っていて……」と説明しはじめた。すると、彼は、済まなそうな顔をして、こう言う。

貴方と私は、次にいつ、どこで逢えるかわからない。だから、貴方が今、思っていることを聞きたい。細かなことは、別れたあとからウィキペディアで勉強できるから、貴方の言葉で語ってほしい――。

私は、自らの不明を恥じた。そして考え込んでしまった。すると、長考に入った私を見た彼は、また、こう言った。

ここは、奈良だ。私は中国の莫言だ。莫言がいて、貴方もここにいる。貴方は私に『万葉集』について、どう語りたいのかい。それを聞きたいのだよ。

そう水を向けられても、私はうまく答えられなかったような気がする。何か一生懸命に話した記憶はあるけれど、うまく説明できなかったと思う。私はしどろもどろに、こう答えたと思う。

『万葉集』は、七世紀と八世紀を生きた日本人の、声の缶詰でしょうか。この缶を開けると、香りや味が蘇ります。

それを聞いた莫言は、そう思える八世紀の歌集が残っていることは、日本語の使い手の子孫としてはたいそう喜ばしいことだね、と言って、微笑んだ。

「声の缶詰」とは、答えに窮して咄嗟に出たキャッチコピーだが、別の言い方をすると、『万葉集』は、言葉の文化財」といえるかもしれない。もし、『万葉集』に価値があるとすれば、それを今、読もうとする時に必要とする人がいるからだ。文化財に価値があるのは、その文化財から歴史に思いを馳せる心があるからではないのか。歴史に思いを馳せる心がなくては、石器も石ころだし、仏像も単なる木や石ではないか。

†**典論論文**

声というものは、消えゆくものだが、人が心に留めようとすれば、語り継がれ、歌い継がれる。

最愛の孫を喪い、悲しみを歌にした斉明天皇。斉明天皇は、自らの声を後世に残そうとしたのである。個人の心のうちにあるものをかたちにするのが歌なのだが、その歌を後世に伝えたいと、斉明天皇は考えたのである。そして、私たちは、今、『日本書紀』を通して、斉明天皇の声に接することができる。

歌のみならず、文字で記された文章こそ、時空を超えた価値のあるものだと述べたのは、魏の文帝こと曹丕（一八七―二二六）であった。父、曹操（一五五―二二〇）の跡を継ぎ、魏という新王朝を建てた人物である。その文帝の書いた「典論論文」という一文がある。

まず、訳文から見てみよう。

そもそも、文章を書き、それを残すということは、国を治めるうえで、欠くべからざる重大なる事業なのであって、永久不滅の偉大なる営みといえよう。人の寿命などというものは、しかるべき時がくると尽きてしまうもの――。栄華や快楽も、それは生きている間だけのことである。栄華と快楽の二つは、必ず失われてしまう、しかるべき時というものがあって、これを避けられず、文章が永久であるのに及びもしない。そこで、古来、文章家たちは、文をものすることに身をささげ、書物に自らの思いを表して、優秀な史書編纂官たちの言葉も借りず、また権力者たちの力にも頼らずに、その名声がおのずから未来に伝えられてゆくのである。

（拙訳）

この思想こそ、人の人たる者がなぜ文章を残すのかということを説く、中国文学の文学論の最初のものである。人の命ははかない。はかなきがゆえに、人は文章を残すのである。いわば、文章は人が生きた証なのだという文学論である。栄耀栄華も、一瞬のものではないか。心を残すものは、文章なのだ。個人の思いを伝えることができるのは文章だけなのだ、という思想がここにはある。書き下し文を記すと、次のようになる。

一 蓋し文章は経国の大業にして、不朽の盛事なり。年寿は時有りて尽き、栄楽は其の身に止まる。二者は必ず至るの常期あり、未だ文章の無窮なるに若かず。是を以て古の作者、身を翰墨に寄せ、意を篇籍に見し、良史の辞を仮らず、飛馳の勢ひに託せずして、声名は自ら後に伝はる。

（魏文帝「典論論文」竹田晃『文選〔文章篇〕下〔新釈漢文大系〕』明治書院、二〇〇一年）

このような思想のもと、父の曹操と曹丕（文帝）のもとには文人たちがあい集い、建安年間（一九六―二二〇）に新しい文学が生まれた。それが、建安の七子の文学である。この「典論論文」においては、七人の文人に関する批評が述べられている。

文帝が説くのは、「文は人なり」というべき文学論である。それは、文にこそ個性が表れるものだから、文を書くという行為は、個人の思考を記す行為にほかならないのだという文学論である。だから、文士は互いに独立した自己を確立しなければならないし、他人の個性を侵してはならないといっている。

†理想と現実と

しかしながら、曹丕は政争を生き抜くために、実際には多くの人間を貶め、死に追いやっている。文学の士の間の平等、学問の自由も、曹丕の時代に実現できたわけではない。考えてみれば、いつの世も、個性と政治権力は、ぶつかり合っている。表現と学問の自由が保障された時代など、いまだかつてないのだ。だから、曹丕だけを責めるわけにもゆくまい。

†天皇から庶民まで

この「典論論文」が収められているのが『文選』だ。六世紀前半に成立した『文選』という書物こそ、『万葉集』が、その手本とした書物であった。『万葉集』といえば、よく天皇から庶民までの歌が収められているというが、それが少なくとも歌集の上で実現したのは、文は個人の思いを述べるものであり、詩歌は個人の情を伝えるものであって、そこに身分の上下など関係ないはずだという思想があるからだ。では、その思想の源は、どこにあるのだろうか。それは、「典論論文」に源があるのである。

もちろん、『万葉集』には、貴族文学としての性格もあるから、天皇から庶民までと、そう簡単に言い切ることはできない。また、『文選』だって貴族文学だ。しかしながら、平安時代の歌集と比較すれば、身分の低い社会階層の人びとの歌も多い。だからといって、今日の人権思想でいう表現の自由と、学問の自由が保障されていたわけでもない。むしろ、『万葉集』は、東歌(あずまうた)や防人歌(さきもりうた)など、積極的に身分の低い人びとの歌々をも入れたのである。それは、すべての人びととの歌が集う歌集、すなわちオール・ジャパンの歌集なのだということを自ら演出しているのである。もっと具体的にいえば、編纂者の寛容な徳を表そうとしているのだ。

†『万葉集』は言葉の文化財

『万葉集』を紐解いて、耳を傾けると、そこから声が聞こえてくる。私は、莫言からの問いに窮して、七世紀と八世紀を生きた人びとの「声の缶詰」だと言った。それは「言葉の文化財」と言い換えてもよいだろう。私は、第一章の冒頭で、

▼語れば、その瞬間から消え去る
▽記せば、その瞬間から古くなってゆく

と書いた。つまり、私たちは、文字との出逢いを通じて、過去に生きた人びととの対話

が可能になったのである。それは、日ごろ私たちが、文化財に接するのと同じ態度である。たしかに、歌は芸であり、技である。だから、今日の芸術研究の枠組みのなかで、研究するのも大切なことかもしれない。しかし、私の眼から見ると、そういう研究は、古代社会における歌の役割をきわめて小さなものに限定してしまうから、窮屈でならない。歌を歌うことだって、立派な社会的営為のはず。作り手がいて、歌い手がいて、伝え手がいて、聞き手がいる。かくのごとき歌を巡る流通チェーンのようなものがあって、はじめて歌集が生まれるのである。芸術が芸術として、社会から独立して存在しているわけではない。歌とて、社会的存在なのだ。

また、物語も日記も社会的存在だといえる。そういう社会的存在であった過去の歌を、一つの文化財と見ることによって、芸術研究が見落としていたものを洗い出してみたい、と私は考えた。だから、あえて、『万葉集』を「言葉の文化財」と評したのである。私は、本書の冒頭で普通の入門書は書きたくないと宣言した。いわば、ここに歌の細部にこだわる「奇異な入門書」が誕生したことになるわけだが。

以上が、まさしく今の私が語る『万葉集』なのである。よくも、悪くも。

参考文献

阿部猛ほか編　二〇〇三年『平安時代儀式年中行事事典』東京堂出版

池田亀鑑　二〇一二年『古典学入門』岩波書店、初版一九九一年

池田弥三郎　一九六六年『文学と民俗学』岩崎美術社

伊藤　博　一九九二年『万葉集の歌群と配列　下（古代和歌史研究8）』塙書房

稲岡耕二・木下正俊編　一九七六年『上代の文学（日本文学史1）』有斐閣

乾　善彦　二〇〇〇年「子等を思ふ歌」神野志隆光・坂本信幸編『セミナー　万葉の歌人と作品　第五巻　大伴旅人・山上憶良（二）』所収、和泉書院

――　二〇一五年『表記体と文体からみた変体漢文と和漢混淆文との連続性の研究』（平成二十四年度〜平成二十六年度　科学研究費補助金　基盤研究〔C〕　研究成果報告書）、関西大学

犬飼　隆　二〇〇八年『木簡から探る和歌の起源――「難波津の歌」がうたわれ書かれた時代』笠間書院

――　二〇〇九年「木簡に歌を書くこと」『木簡研究』第三十一号所収、木簡学会

犬飼隆・和田明美編

伊野近富　二〇一五年　『万葉人の声』青簡舎
――　二〇〇九年a　「京都・馬場南遺跡」『木簡研究』第三十一号所収、木簡学会
――　二〇〇九年b　「山背国相楽郡神雄寺の発見――木津川市馬場南遺跡の検討」『木簡研究』第三十一号所収、木簡学会
井村哲夫　一九七三年　「山上憶良の作品――世間蒼生の文学」『憶良と虫麻呂』桜楓社
――　一九八二年　「遊芸の人憶良――天平万葉史の一問題」『国語と国文学』所収、東京大学国語国文学会
――　一九九七年　「天平十一年「皇后宮之維摩講仏前唱歌」をめぐる若干の考察」『憶良・虫麻呂と天平歌壇』所収、翰林書房
上野　誠　二〇〇三年　『万葉びとの生活空間――歌・庭園・くらし』塙書房、初版二〇〇〇年
――　二〇一三年　『万葉びとの奈良』新潮社、初版二〇一〇年
――　二〇一四年　『万葉びとの宴』講談社
――　二〇一五年　『古典不要論への反撃!?　書評劇場』笠間書院
大濱眞幸　一九九五年　「大伴家持の年中行事詠――初子・青馬節会歌を中心に」『国文学』第七十三号所収、関西大学国文学会
大林太良ほか編　二〇〇五年　『世界神話事典』角川学芸出版
小野　寛　一九九一年　「万葉集の「竹取翁」」『国語国文学論集』第二十号所収、学習院女子短期大学国語国文学会
折口信夫　一九九五年　「国文学の発生（第四稿）――唱導的方面を中心として」折口信夫全集刊行会編『折口信夫全集』第一巻所収、中央公論社（初出一九二七年）

海部陽介　二〇一六年『日本人はどこから来たのか？』文藝春秋
亀井勝一郎　一九七四年「万葉集への影響」『亀井勝一郎全集』第十七巻、講談社、初版一九七一年、初出一九五九年
川口常孝　一九七六年『大伴家持』桜楓社
木津川市教育委員会編
　二〇一四年『神雄寺跡（馬場南遺跡）発掘調査報告書（木津川市埋蔵文化財調査報告書第十六集）』木津川市教育委員会
京都府埋蔵文化財調査研究センター
　二〇一〇年『京都府遺跡調査報告集』第百三十八冊、同研究センター
黒田　彰　二〇〇一年『孝子伝の研究』思文閣出版
小嶋菜温子　一九九六年「歌物語と作り物語」『九・一〇世紀の文学（岩波講座　日本文学史）』第二巻所収、岩波書店
小島憲之　一九八六年『萬葉以前――上代びとの表現』岩波書店
西郷信綱　一九九六年『日本古代文学史』岩波書店
齋藤希史　二〇一四年『漢文脈と近代日本』角川ソフィア文庫、ＫＡＤＯＫＡＷＡ／角川学芸出版、初版二〇〇七年
栄原永遠男　二〇〇三年「大仏開眼会の構造とその政治的意義」『都市文化研究』第二号所収、大阪市立大学大学院文学研究科
櫻井満監修、尾崎富義ほか編
　一九九五年『年表　万葉文化誌――古典と民俗学叢書別集』おうふう
島内景二　一九九二年「『竹取物語』の系譜と祖型――『竹取物語』を遡る」『電気通信大学紀要』第

五巻第一号所収、電気通信大学

島田裕子　一九九二年　「大伴家持の天平宝字二年春正月の歌――宴と孤心」『日本文学研究』第二十八号所収、梅光女子学院大学日本文学会

甚野尚志編　二〇〇六年　『東大駒場連続講義　歴史をどう書くか』講談社

鈴木健一　二〇一七年　『天皇と和歌――国見と儀礼の一五〇〇年』講談社

滝本紀子　一九八二年　「竹取翁歌の一考察――万葉集巻十六有由縁歌について」『愛知淑徳大学国語国文』第五号所収、愛知淑徳大学国文学会

多田一臣　二〇一五年　『『古事記』と『万葉集』』放送大学教育振興会

土橋　誠　一九八九年　「維摩会に関する基礎的考察」直木孝次郎先生古希記念会編『古代史論集下』所収、塙書房

土橋　寛　一九九三年　『古代歌謡全注釈　日本書紀編』角川書店、初版一九七六年

津田左右吉　一九八〇年　「貴族文学の時代　第一篇　第五章」『文学に現はれたる我が国民思想の研究(一)』岩波書店、初版一九七七年。初出一九一六年

鉄野昌弘　二〇〇七年　『大伴家持「歌日誌」論考』塙書房

東城敏毅　二〇一六年　『万葉集防人歌群の構造』和泉書院

豊島秀範　一九九四年　「和歌による物語の創造」『國學院雜誌』第九十五巻第十一号所収、國學院大學

奈良国立博物館編　二〇〇九年　『第六十一回「正倉院展」目録』奈良国立博物館

錦仁編、和歌文学会監修　二〇一六年　『日本人はなぜ、五七五七七の歌を愛してきたのか』笠間書院

野村純一　二〇一一年a『桃太郎と鬼（野村純一著作集　第三巻）』清文堂出版
――　二〇一一年b『昔話の語りと語り手（野村純一著作集　第四巻）』清文堂出版
――　二〇一二年a『伝説とその伝播者（野村純一著作集　第六巻）』清文堂出版
――　二〇一二年b『文学と口承文芸と（野村純一著作集　第八巻）』清文堂出版
芳賀紀雄　二〇〇三年「山上憶良――子らを思ふ二つの歌」『萬葉集における中國文學の受容』塙書房
萩原義雄　二〇〇〇年「室町時代の古辞書『運歩色葉集』の語注記について――「志賀寺聖人」逸話譚そして「玉箒」「子日」」『駒沢短大国文』第三十号所収、駒沢短期大学国文科研究室
服部喜美子　一九七七年「万葉集「竹取翁歌」の一考察――芸能歌謡としてのあり方」『説林』第二十六号所収、愛知県立大学・愛知県立女子短期大学国文学会
橋本四郎　一九七八年「竹取翁の歌」伊藤博・稲岡耕二編『万葉集を学ぶ』第七集所収、有斐閣
廣岡義隆　一九九七年「萬葉の竹取翁歌について――その特性と隼人的側面」『三重大学日本語学文学』第八号所収、三重大学日本語学文学会
藤岡忠美　二〇一一年『王朝文学の基層――かな書き土器の読解から随想ノートまで』和泉書院
松岡静雄　一九三五年『有由縁歌と防人歌（続万葉集論究）』瑞穂書院
三浦佑之　一九九九年「竹取翁と九人の娘子ら――「竹取翁歌」と『竹取物語』」高岡市万葉歴史館編『伝承の万葉集（高岡市万葉歴史館論集2）』所収、笠間書院
三上喜孝　二〇一三年『日本古代の文字と地方社会』吉川弘文館
三木雅博　一九九九年「「竹取翁歌」臆解――現存の作品形態にもとづく主題の考察」井手至先生古稀記念会編『国語国文学藻（井手至先生古稀記念論文集）』所収、和泉書院

宮城洋一郎　一九八六年「東大寺大仏開眼供養会の一考察」日本佛教史の研究会編『木村武夫先生喜寿記念　日本佛教史の研究』所収、永田文昌堂
村田右富実　二〇一六年「日本語文まで」『近畿化学工業界』第七百五十八号所収、近畿化学協会
本居宣長・津田左右吉ほか著、上野誠編
　二〇一六年『日本の古代を読む』文藝春秋
柳田国男　一九七一年『昔話と文学』角川書店、初版一九五六年
山岡敬和　二〇〇九年「「貴種流離譚」とは何か」『国文学――解釈と教材の研究』第五十四巻第四号所収、学燈社
山崎健司　二〇一〇年『大伴家持の歌群と編纂』塙書房
吉川真司　二〇一六年「法会と歌木簡――神雄寺跡出土歌木簡の再検討」『萬葉集研究』第三十六集所収、塙書房
吉田義孝　二〇一二年『古事記序文の研究』おうふう
米田雄介　二〇〇一年「天平宝字二年正月の宮中行事」『日本歴史』第六百三十二号所収、吉川弘文館
※なお、『万葉集』の原文と書き下し文については、小島憲之ほか校注・訳『万葉集①〜④〔新編日本古典文学全集〕』（小学館、一九九四年―一九九六年）を用いた。

あとがき

本書の原稿を書いている途中の十二月二十三日に、私は母を亡くした。齢、九十四歳。大往生ということもあり、私は涙一つ流さなかった。情の薄い奴なのだろう。亡くなった日から、野辺の送りまでの三日間は、私は母と二人きりで過ごしたのだが、夜な夜な私は、母の句集を読んだ。母は俳人で、一冊だけだが句集を残している（上野繁子『日々新たなる』天満書房、一九九七年）。母の句は、総じて家庭俳句なので、その句が出来た時のことを私はよく知っている。「帰省子を虜にしたる一古典」（上野繁子『日々新たなる』、六二頁）の帰省子とは、私のことで、古典は『万葉集』だ。だから、句集は記憶を留めたアルバムのようなものだ。つまり、句集は、母の死とともに消えてなくなった博多の一商家の歴史でもあるのだ。

賢明なる読者は、もう私のこれからいわんとすることが、わかっているはずだ。歌こそ、心情の歴史なのであって、

歌を作り未来に残す
歌を書いて未来に残す
歌集を作って未来に残す

ということは、消えゆくものを残さんとすることなのである。やがて、私の肉体も滅び、わが家族も世から消え去るが、書いたものが残るかぎり、その心情を思いやることはできる。『万葉集』は、古代社会に生きた人びとと私たちを結んでくれる書物なのである。

さて、本書において私が心を砕いたのは、古代社会に生きた人びとが、どのようにして、消えゆく歌を未来に伝えようとしたのか、という一点に尽きる。本書は、奈良大学で行なったゼミナールの授業をもとにしている。睡魔と闘いながら粘り強く話を聞いてくれた郭恵珍、佐伯恵果、大場友加、西村潤、的場穂菜美、中野桃子、仲島尚美、吉田明美、太田遥、永井里歩の十哲には、あらためてお礼を申し上げたい。最後に、『おもしろ古典教室』に続いて、編集の実務にあたられた伊藤笑子さんにも、末筆ながらお礼を申し上げたい、と思う。多謝、感謝。

二〇一七年三月二十六日

母校の勇姿を甲子園で見た日に

著者謹しんで記す

ちくま新書
1254

二〇一七年五月一〇日　第一刷発行

万葉集から古代を読みとく

著者　上野誠（うえの・まこと）

発行者　山野浩一

発行所　株式会社 筑摩書房
東京都台東区蔵前二-五-三　郵便番号一一一-八七五五
振替〇〇一六〇-八-四一二三

装幀者　間村俊一

印刷・製本　株式会社 精興社

乱丁・落丁本の場合は、左記宛にご送付ください。
送料小社負担でお取り替えいたします。
ご注文・お問い合わせも左記へお願いいたします。
〒三三一-八五〇七　さいたま市北区櫛引町二-六〇四
筑摩書房サービスセンター　電話〇四八-六五一-〇〇五三

ISBN978-4-480-06962-7 C0295

ちくま新書

599
高校生のための古文キーワード100
鈴木日出男
暗記はやめる！　源氏物語注釈・枕草子注釈、古語辞典編著を経て、国文学界の第一人者が書き下ろす、読んで身につく古文単語。コラム〈読解の知恵〉も必読。

661
「奥の細道」をよむ
長谷川櫂
流転してやまない人の世の苦しみ。それをどう受け容れるのか。芭蕉は旅にその答えを見出した。芭蕉が得た大いなる境涯とは――。全行程を追体験しながら読み解く。

952
花の歳時記〈カラー新書〉
長谷川櫂
花を詠んだ俳句には古今に名句が数多い。その中から選りすぐりの約三百句に美しいカラー写真と流麗な鑑賞文を付し、作句のポイントを解説。散策にも必携の一冊。

1087
日本人の身体
安田登
本来おおざっぱで曖昧であったがゆえに、他人や自然と共鳴できていた日本人の身体観を、古今東西の文献を検証しつつ振り返り、現代の窮屈な身体観から解き放つ。

1007
歌舞伎のぐるりノート
中野翠
素敵にグロテスク。しつこく、あくどく、面白い。歌舞伎は〝劇的なるもの〟が凝縮された世界。その「劇的なるもの」を求めて、歌舞伎とその周辺をめぐるコラム集。

1030
枝雀らくごの舞台裏
小佐田定雄
爆発的な面白さで人気を博した桂枝雀の、座付作者による決定版ガイド。演出の変遷、ネタにまつわるエピソード、芸談、秘話を、音源映像ガイドとともに書き記す。

1123
米朝らくごの舞台裏
小佐田定雄
上方落語の人間国宝・桂米朝の、演題別決定版ガイド。舞台裏での芸談やエピソード、歴史を彩る芸人たちの秘話を、書籍音源映像ガイドとともに書き記す。

ちくま新書

ちくま新書

1144 地図から読む江戸時代 上杉和央

空間をどう認識するかは時代によって異なる。その違いを象徴するのが「地図」だ。古地図を読み解き、日本の形を作った時代精神を探る歴史地理学の書。図版資料満載。

1198 天文学者たちの江戸時代 ——暦・宇宙観の大転換 嘉数次人

日本独自の暦を初めて作った渋川春海を嚆矢とする「江戸の天文学者」たち。先行する海外の知と格闘し、暦・宇宙の研究に情熱を燃やした彼らの思索をたどる。

1219 江戸の都市力 ——地形と経済で読みとく 鈴木浩三

天下普請、参勤交代、水運網整備、地理的利点、統治システム、所得の再分配……地形と経済の観点を中心として、未曾有の大都市に発展した江戸の秘密を探る!

692 江戸の教育力 高橋敏

江戸の教育は社会に出て困らないための、「一人前」になるための教育だった! 文字教育と非文字教育が一体化した寺子屋教育の実像を第一人者が掘り起こす。

1093 織田信長 神田千里

信長は「革命児」だったのか? 近世へ向けて価値観が大転換した戦国時代、伝統的権威と協調し諸大名や世間の評判にも敏感だった武将の像を、史実から描き出す。

1101 吉田松陰 ——「日本」を発見した思想家 桐原健真

2015年大河ドラマに登場する吉田松陰。維新の精神的支柱でありながら、これまで紹介されてこなかった思想家としての側面に初めて迫る、画期的入門書。

1210 日本震災史 ——復旧から復興への歩み 北原糸子

度重なる震災は日本社会をいかに作り替えてきたのか。有史以来、明治までの震災の復旧・復興の事例に焦点を当て、史料からこの国の災害対策の歩みを明らかにする。

ちくま新書

890
現代語訳 史記
司馬遷
大木康訳／解説
歴史書にして文学書の大古典『史記』から「権力」と「キャリア」をテーマにした極上のエピソードを選出し、現代語訳。「本物の感触」を届ける最上の入門書。

877
現代語訳 論語
齋藤孝訳
学び続けることの中に人生がある。——二千五百年間、読み継がれ、多くの人々の「精神の基準」となった古典中の古典を、生き生きとした訳で現代日本人に届ける。

953
生きるための論語
安冨歩
『論語』には、人を「学習」の回路へと導き入れる叡智がある。その思想を丁寧に読み解き、ガンジー、サイバネティクス、ドラッカーなどと共鳴する姿を描き出す。

1079
入門 老荘思想
湯浅邦弘
俗世の常識や価値観から我々を解き放とうとする「老子」と「荘子」の思想。新発見の資料を踏まえてその教えをじっくり読み、謎に包まれた思想をいま解き明かす。

990
入門 朱子学と陽明学
小倉紀蔵
儒教を哲学化した朱子学と、それを継承しつつ克服しようとした陽明学。東アジアの思想空間を今も規定するその世界観の真実に迫る、全く新しいタイプの入門概説書。

615
現代語訳 般若心経
玄侑宗久
人はどうしたら苦しみから自由になれるのか。言葉や概念といった理知を超え、いのちの全体性を取り戻すための手引を、現代人の実感に寄り添って語る新訳決定版。

1099
日本思想全史
清水正之
外来の宗教や哲学を受け入れ続けてきた日本人。その根底に流れる思想とは何か。古代から現代まで、この国のものの考え方のすべてがわかる、初めての本格的通史。

ちくま新書

064 民俗学への招待　宮田登
なぜ私たちは正月に門松をたて雑煮を食べ、晴着を着るのだろうか。柳田国男、南方熊楠、折口信夫などの民俗学研究の成果を軸に、日本人の文化の深層と謎に迫る。

085 日本人はなぜ無宗教なのか　阿満利麿
日本人には神仏とともに生きた長い伝統がある。それなのになぜ現代人は無宗教を標榜し、特定宗派を怖れるのだろうか？　あらためて宗教の意味を問いなおす。

660 仏教と日本人　阿満利麿
日本の精神風土のもと、伝来した仏教はどのように変質し血肉化されたのか。日本人は仏教に出逢い何を学んだのか。文化の根底に流れる民族的心性を見定める試み。

918 法然入門　阿満利麿
私に誤りはなく、私の価値観は絶対だ――愚かな人間のための唯一の仏教とは。なぜ念仏一行なのか。日本史上最大の衝撃を宗教界にもたらした革命的思想を読みとく。

886 親鸞　阿満利麿
親鸞が求め、手にした「信心」とはいかなるものか。時代の大転換期において、人間の真のあり様を見据え、新しい救済の物語を創出したこの人の思索の核心を示す。

1126 骨が語る日本人の歴史　片山一道
縄文人は南方起源ではなく、じつは「弥生人顔」も存在しなかった。骨考古学の最新成果に基づき、歴史学の通説を科学的に検証。日本人の真実の姿を明らかにする。

1169 アイヌと縄文――もうひとつの日本の歴史　瀬川拓郎
北海道で縄文の習俗を守り通したアイヌ。その文化から日本列島人の原郷の思想を明らかにし、日本人にとって、ありえたかもしれないもうひとつの歴史を再構成する。

ちくま新書

253 教養としての大学受験国語　石原千秋
日本語なのにお手上げの評論読解問題。その論述の方法を、実例に即し徹底解剖。アテモノを脱却し上級の教養をめざす、受験生と社会人のための思考の遠近法指南。

999 日本の文字 ――「無声の思考」の封印を解く　石川九楊
日本語は三種類の文字をもつ。この、世界にまれな性格はどこに由来し、日本人の思考と感性に何をもたらしたのか。鬼才の書家が大胆に構想する文明論的思索。

1062 日本語の近代 ――はずされた漢語　今野真二
漢語と和語が深く結びついた日本語のシステムから、日清戦争を境に漢字・漢語がはずされていく。明治期の小学教材を通して日本語への人為的コントロールを追う。

1105 やりなおし高校国語 ――教科書で論理力・読解力を鍛える　出口汪
教科書の名作は、大人こそ読むべきだ！　夏目漱石、森鷗外、丸山眞男、小林秀雄などの名文をカリスマ現代文講師が読み解き、社会人必須のスキルを授ける。

1221 日本文法体系　藤井貞和
日本語を真に理解するには、現在の学校文法を書き換えなければならない。豊富な古文の実例をとりあげつつ、日本語の隠れた構造へと迫る、全く新しい理論の登場。

756 漢和辞典に訊け！　円満字二郎
敬遠されがちな漢和辞典。でも骨組みを知れば千年以上にわたる日本人の漢字受容の歴史が浮かんでくる。辞典編集者が明かす、ウンチクで終わらせないための活用法。

806 国語教科書の中の「日本」　石原千秋
「グローバル化」と「伝統」の間で転換期を迎える国語教育は、日本という感性を押し付ける教育装置になっていないか？　小中学校の教科書をテクストに検証する。

ちくま新書

1244
江戸東京の聖地を歩く
岡本亮輔
歴史と文化が物語を積み重ね、聖地を次々に生み出してきた江戸東京。神社仏閣から慰霊碑、墓、塔、スカイツリーまで、気鋭の宗教学者が聖地を自在に訪ね歩く。

1245
アナキズム入門
森元斎
国家なんていらない、ひたすら自由に生きよう――プルードン、バクーニン、クロポトキン、ルクリュ、マフノの思想と活動を生き生きと、確かな知性で描き出す。

1246
時間の言語学
――メタファーから読みとく
瀬戸賢一
私たちが「時間」をどのように認識するかを、〈時は金なり〉〈時は流れる〉等のメタファー（隠喩）を分析して明らかにする。かつてない、ことばからみた時間論。

1248
めざせ達人！　英語道場
――教養ある言葉を身につける
斎藤兆史
読解、リスニング、会話、作文……英語学習の本質をコンパクトに解説し、「英語の教養」を理解し、発信できるレベルを目指す。コツを習得し、めざせ英語の達人！

1250
憲法サバイバル
――「憲法・戦争・天皇」をめぐる四つの対談
ちくま新書編集部
施行から70年が経とうとしている日本国憲法。改憲論議も巻き起こり、改めてそのあり方が問われている。問題の本質はどこにあるのか？　憲法をめぐる白熱の対談集。

1251
身近な自然の観察図鑑
盛口満
道ばたのタンポポ、公園のテントウムシ、台所の果物……身の回りの「自然」は発見の宝庫！　わかりやすい文章と精細なイラストで、散歩が楽しくなる一冊！

1252
ロマン派の音楽家たち
――恋と友情と革命の青春譜
中川右介
メンデルスゾーン、ショパン、シューマン、リスト、ワーグナー。ロマン派の巨人の恋愛、友情そして時代の波が絡み合い、新しい音楽が生まれた瞬間を活写する。

ちくま新書

1192
神話で読みとく古代日本
——古事記・日本書紀・風土記
松本直樹
古事記、日本書紀、風土記という〈神話〉を丁寧に読みとくと、古代日本の国家の実像が見えてくる。精神史上の「日本」誕生を解明する、知的興奮に満ちた一冊。

876
古事記を読みなおす
三浦佑之
日本書紀には存在しない出雲神話がなぜ古事記では語られるのか？　序文のいう編纂の経緯は真実か？　この歴史書の謎を解きあかし、神話や伝承の古層を掘りおこす。

859
倭人伝を読みなおす
森浩一
開けた都市、文字の使用、大陸の情勢に機敏に反応する外交。——古代史の一級資料「倭人伝」を正確に読みとき、当時の活気あふれる倭の姿を浮き彫りにする。

1187
鴨長明
——自由のこころ
鈴木貞美
『方丈記』で知られる鴨長明には謎が多い。彼の生涯を仏教や和歌の側面から解釈しなおし、真の自由ともいえる、その世界観が形成された過程を追っていく。

929
心づくしの日本語
——和歌でよむ古代の思想
ツベタナ・クリステワ
過ぎ去った日本語は死んではいない。日本人の世界認識の根源には「歌を詠む」という営為がある。王朝文学の言葉を探り、心を重んじる日本語の叡知を甦らせる。

1073
精選 漢詩集
——生きる喜びの歌
下定雅弘
陶淵明、杜甫、李白、白居易、蘇軾。この五人を中心に、深い感銘を与える詩篇を厳選して紹介。漢詩に結実する東洋の知性と美を総覧する決定的なアンソロジー！

1249
日本語全史
沖森卓也
古代から現代まで、日本語の移り変わりをたどり全史を解き明かすはじめての新書。時代ごとの文字・音韻・語彙・文法の変遷から、日本語の起源の姿が見えてくる。